Rosamunde Pilcher wurde 1924 in Lelant, Cornwall, geboren. Nach Tätigkeiten beim Foreign Office und, während des Krieges, beim Women's Royal Naval Service heiratete sie 1946 Graham Pilcher und zog nach Dundee, Schottland, wo sie seither wohnt. Rosamunde Pilcher schreibt seit ihrem fünfzehnten Lebensjahr. Ihre Werke liegen sämtlich in der Reihe der rororo-Taschenbücher und im Rowohlt Verlag vor.

Rosamunde Pilcher

Sommer am Meer

Roman

Deutsch von
Margarete Längsfeld

Rowohlt Taschenbuch Verlag

Einmalige Sonderausgabe
Juni 2003

Deutsche Erstausgabe
Veröffentlicht im Rowohlt Taschenbuch Verlag
GmbH, Reinbek bei Hamburg, Mai 1992

Die Originalausgabe erschien unter dem Titel
«The Empty House» bei St. Martin's Press, New York

Umschlaggestaltung any.way, Andreas Pufal
(Foto: Jan Mammey/STOCK 4B)
Gesamtherstellung Clausen & Bosse, Leck
Printed in Germany
ISBN 3 499 23476 9

Rosamunde Pilcher · Sommer am Meer

1

Es war gegen drei Uhr an einem sonnigen, warmen Montagnachmittag im Juli. Die Luft, die nach Heu duftete, wurde von einer Brise, die von der See her blies, gekühlt. Von der Hügelkuppe, zu der die Straße sich über die Felsschulter von Carn Edvor hinaufwand, fiel das Land schräg ab zu fernen Klippen, Ackerland, mit gelbem Stechginster durchzogen, mit Granitbrocken durchsetzt und in Dutzende von kleinen Feldern aufgeteilt. Wie eine Patchworkdecke, dachte Virginia, und sie stellte sich die Weiden als grüne Samtschnipsel vor, das grünliche Gold des frischgemähten Heus als Satin, das rosige Gold der Maiskolben als etwas Weiches, Pelziges, das sich anfassen und streicheln ließ.

Es war sehr still. Doch als sie die Augen schloß, drängten die Geräusche des Sommernachmittags sich auf; eines nach dem anderen suchten sie auf sich aufmerksam zu machen. Das leise Säuseln des Windes bewegte das Farnkraut. Von Porthkerris erklomm ein Auto den langgestreckten Hügel, schaltete in einen niedrigeren Gang, fuhr bergauf. Von weiter weg kam das emsige Brummen der Mähmaschinen. Virginia öffnete die Augen und zählte drei Maschinen. Die Entfernung ließ sie zu Spielzeuggröße schrumpfen; sie waren knallrot und winzig wie die Modellautos, die Nicholas in seinem Kinderzimmer herumschob.

Das Auto tauchte auf dem Hügelkamm wieder auf. Es fuhr sehr langsam, sämtliche Insassen betrachteten durch die heruntergekurbelten Fenster die herrliche Aussicht. Die Gesichter waren von Sonnenbrand gerötet, Brillen glitzerten, Arme quollen aus ärmellosen Blusen, das Auto machte einen überfüllten Eindruck. Als es an der Parkbucht vorüberkam, wo Virginia ihren Wagen abgestellt hatte, sah eine Frau im Fond zu ihr hinüber. Eine Sekunde lang trafen sich ihre Blicke, dann war das Auto um die nächste Kurve in Richtung Land's End verschwunden.

Virginia sah auf ihre Uhr. Viertel nach drei. Sie seufzte und stand auf, streifte Gras und Farnblätter vom Gesäß ihrer weißen Jeans und lief den Hügel hinab zu ihrem Wagen. Der Ledersitz war von der Sonne heiß wie ein Blechdach. Sie wendete den Wagen und machte sich auf den Rückweg nach Porthkerris. Unterschiedlichste Bilder gingen ihr durch den Sinn. Von Nicholas und Cara in dem fremden Londoner Kinderzimmer, die von Nanny Tag für Tag nach Kensington Gardens, von der Großmutter in den Zoo, ins Kostümmuseum und in geeignete Filme geführt wurden. In London war es bestimmt heiß, schwül und stickig. Sie fragte sich, ob sie Nicholas die Haare geschnitten hatten. Sie überlegte, ob sie ihm ein Mähmaschinenmodell kaufen und mit einem mütterlichen Begleitbrief schicken sollte.

> Heute habe ich drei solcher Maschinen auf den Feldern bei Lanyon arbeiten sehen, und da dachte ich an Dich und glaubte, daß Du vielleicht eine möchtest, um herauszubekommen, wie sie funktionieren.

Ein Brief an Lady Keile, so formuliert, daß sie ihn anerkennend vorlesen würde. Nicholas sah keinen Grund, die Schrift seiner Mutter zu entziffern, wenn seine Großmutter in der Nähe und willens war, ihm den Brief vorzulesen. Virginia malte sich den anderen Brief aus, einen, der von Herzen kam.

Mein liebstes Kind, ohne Dich und Cara bin ich ohne Ansporn, ziellos. Ich fahre im Auto herum, weil mir nichts anderes einfällt, und das Auto bringt mich an Orte, die ich von früher kenne, und ich beobachte die Mähmaschine und frage mich, wer die Riesenmaschine fährt, die immense Heuballen ausspuckt, eckig und fest wie ordentlich verschnürte Pakete.

Die alten Bauernhäuser mit ihren großen Scheunen und Nebengebäuden waren an der acht Kilometer langen Küste aufgereiht wie ungeschliffene Steine an einer primitiven Halskette, so daß nicht zu erkennen war, wo die Felder von Penfolda aufhörten und die des nächsten Hofes anfingen. Und die Mähmaschinen waren so weit entfernt, daß unmöglich zu erraten war, wer die Männer waren, die sie fuhren, oder die winzigen Gestalten, die hinterher gingen und die Ballen mit Heugabeln zu Garbenhaufen schichteten, damit sie in der Mittsommersonne trockneten.

Virginia war sich nicht einmal sicher, ob er noch hier wohnte, ob er Penfolda noch bewirtschaftete, und doch konnte sie sich ihn nirgendwo anders auf dieser Welt vorstellen. Wie die Linse einer großen Kamera holte ihr geistiges Auge die geschäftige Szene dort unten zu sich heran. Die Gestalten wurden scharf, groß und deutlich, und da war er, hoch oben am Steuer der Mähmaschine, die Hemdsärmel über die braunen Unterarme hochgekrempelt, das Haar vom Wind zerzaust. Und weil es gefährlich war, so nahe heranzugehen, stattete Virginia ihn flugs mit einer Ehefrau aus, die sie sich vorstellte, wie sie mit einem Korb über die Felder ging und ihn mit einer Thermosflasche Tee, vielleicht einem Königskuchen verpflegte. Sie trug ein rosa Baumwollkleid und eine blaue Schürze, und ihre langen nackten Beine waren gebräunt.

Mrs. Eustace Philips. Mr. und Mrs. Eustace Philips aus Penfolda.

Der Wagen glitt vorsichtig über den Hügelkamm, die Bucht, die weißen Strände und fernen Landzungen breiteten sich vor Virginia aus, und weit unten, bis hin zur blauen Hafenbucht, waren die Häusergruppen und der normannische Kirchturm von Porthkerris zu sehen.

Haus Wheal, wo die Lingards lebten, bei denen Virginia wohnte, lag auf der anderen Seite von Porthkerris. Wäre sie fremd gewesen, neu in der Gegend und zum erstenmal zu Besuch, wäre sie der Hauptstraße gefolgt, die direkt in die Stadt hinunter und auf der anderen Seite hinausführte, und wäre infolgedessen hoffnungslos im kriechenden Verkehr und in den Horden zielloser Touristen steckengeblieben, die über die zu schmalen Bürgersteige hinausquollen oder an sehenswerten Ecken herumstanden, Eis schleckten, Postkarten aussuchten und in Schaufenster glotzten, die angefüllt waren mit Messingfischern, Keramikmeerjungfrauen und anderen Scheußlichkeiten, die als souvenirgeeignet galten.

Weil sie aber keine Fremde war, bog Virginia, lange bevor die Häuser begannen, nach rechts ab und nahm den schmalen, von einer hohen Hecke gesäumten Weg, der sich über den Hügel am Stadtrand wand. Dies war beileibe keine Abkürzung, im Gegenteil, doch am Ende stieß der Weg durch einen Tunnel aus wilden Rhododendren, keine fünfzig Meter vom Tor von Haus Wheal entfernt, wieder auf die Hauptstraße.

Durch ein weißes Gittertor ging es über eine holprige Zufahrt, die mit rosablühenden Steinbrechhecken gesäumt war. Das Haus im neogeorgianischen Stil war wohlproportioniert, mit einem Giebelbalkon über der Eingangstür. Die Zufahrt verlief zwischen kurzgemähten grünen Rasenflächen und Blumenbeeten, die den schweren Duft von Goldlack verströmten. Als Virginia den Wagen im Schatten des Hauses parkte, ertönte ein scharfes, rauhes Gebell, und Dora, Alice Lingards alte Spanielhündin, wechselte von der geöffneten Haustür, wo sie wegen der Kühle gelegen hatte, auf den gebohnerten Fußboden der Diele.

Virginia blieb stehen, um Dora zu tätscheln und ihr kurz ein paar Worte zu sagen, dann ging sie hinein. Sie nahm ihre Sonnenbrille ab, denn nach der strahlenden Helligkeit draußen wirkte das Haus stockfinster.

Auf der anderen Seite der Diele stand die Gartentür zum Innenhof offen, der nach Süden ging und die ganze Sonne einfing. Er war bei jedem Wetter, außer im tiefsten Winter, Alice' Lieblingsplatz. Heute hatte sie wegen der Hitze die Bambusmarkisen heruntergelassen, und die hellen Leinenstühle und niedrigen Tischchen, die schon zum Tee gedeckt waren, hatten schmale Streifen von dem Schattenmuster, das die Markisen warfen.

Auf dem Tisch in der Mitte der Diele lag die Nachmittagspost. Zwei Briefe für Virginia, beide in London abgestempelt. Sie legte Handtasche und Brille hin und nahm die Briefe. Einer war von Lady Keile und einer von Cara. Die Buchstaben waren in sorgfältiger Schreibschrift, wie sie es in der Schule lernte, gemalt, ein lieber, vertrauter Anblick.

Mrs. A. Keile
c/o Mrs. Lingard
Haus Wheal
Porthkerris (Cornwall)

Nichts war falsch. Kein Rechtschreibfehler. Virginia fragte sich, ob Cara es allein zustande gebracht hatte, oder ob Nanny ihr hatte helfen müssen. Mit den Briefen in der Hand ging sie durch die Diele nach draußen, wo ihre Gastgeberin anmutig in einem Liegestuhl lehnte, eine Näharbeit auf dem

Schoß. Sie fertigte einen Kissenbezug aus korallenrosa Samt und faßte die Kanten mit einer Seidenkordel ein. Der Stoff lag wie ein riesiges herabgefallenes Rosenblatt in ihrem Schoß.

Sie blickte auf. «Da bist du ja! Ich habe mich schon gefragt, wo du bleibst. Ich dachte, du steckst vielleicht im Stau.»

Alice Lingard war eine großgewachsene, dunkle Frau Ende Dreißig. Ihre stramme Figur stand in krassem Gegensatz zu den langen, schlanken Armen und Beinen. Sie war für Virginia eine Freundin in mittlerem Alter, das heißt zu der Generation zwischen Virginia und Virginias Mutter gehörend. Sie war eine langjährige Freundin der Familie, und vor Jahren war sie auf der Hochzeit von Virginias Mutter eine kleine Brautjungfer gewesen.

Alice selbst hatte vor ungefähr achtzehn Jahren geheiratet. Tom Lingard war damals ein junger Mann, im Begriff, den kleinen Familienbetrieb in der nahegelegenen Stadt Fourbourne zu übernehmen, der auf die Herstellung von schweren Maschinen und Geräten spezialisiert war. Unter Toms Leitung hatte die Firma expandiert, und nach einer Reihe erfolgreicher Übernahmen besaß sie nun Anteile an Betrieben von Bristol bis St. Just, dazu Schürfrechte, eine kleine Reederei und einen Vertrieb von Landbaumaschinen.

Sie hatten keine Kinder, und Alice hatte ihre natürlichen Hausfrauentalente auf Haus und Garten konzentriert. Im Laufe der Jahre hatte sie das einstmals recht phantasielose Anwesen in ein bezauberndes Haus verwandelt, mit einem Garten, der laufend von den Gartenredakteuren der Hochglanzmagazine fotografiert und beschrieben wurde. Als Virginia und ihre Mutter vor zehn Jahren nach Cornwall gekommen waren, um Ostern bei den Lingards zu verbringen, hatte die Arbeit eben erst begonnen. Da Virginia in der Zwischenzeit nie in Haus Wheal gewesen war, hatte sie es diesmal kaum wiedererkannt. Alles war geschickt verändert, gerade Linien waren aufgelockert, Einfassungen und Begrenzungen wunderbarerweise entfernt worden. Die Bäume waren gewachsen und warfen lange Schatten auf ebene Rasenflächen, die sich erstreckten, so weit das Auge reichte. Der alte Obstgarten war in einen wilden Garten verwandelt, wo sich die herrlichsten altmodischen Rosen ineinander verrankten; und wo einst Stangenbohnen und Himbeersträucher in Reih und Glied wuchsen, da standen nun Magnolien und berauschend duftende Azaleen, höher als ein Mensch reichen konnte.

Alice' erfolgreichstes Projekt aber war der Innenhof, der den Charme von Haus und Garten in sich vereinte. Geranien quollen aus Blumentöpfen, und an einer Seite hatte sie begonnen, eine dunkellila blühende Klematis an einem Spalier hochzuziehen. Vor kurzem hatte sie sich auch zu einem Klettergewächs entschlossen, und zur Zeit plünderte sie Ideen von Freunden und aus Büchern, um herauszubekommen, wie sie diese Pflanze pflegen sollte. Ihre Energien schienen unerschöpflich.

Virginia zog sich einen Stuhl heran und ließ sich hinfallen, verwundert, wie heiß und abgespannt sie sich fühlte. Sie streifte ihre Sandalen ab und stützte die nackten Füße auf einen Hocker. «Ich war nicht in Porthkerris.»

«Nein? Aber ich dachte, du warst auf der Post.»

«Ich wollte nur ein paar Briefmarken. Die kann ich ein andermal kaufen. Es waren so viele Leute unterwegs und so viele Busse, so ein schwitzendes Menschengewühl, daß ich Platzangst bekommen und gar nicht angehalten habe. Ich bin einfach weitergefahren.»

«Briefmarken kannst du von mir haben», sagte Alice. «Komm, ich schenk dir Tee ein.» Sie legte ihr Nähzeug hin, setzte sich auf, griff nach der Teekanne. Dampf stieg aus der zierlichen Tasse, duftend, erfrischend.

«Milch oder Zitrone?»

«Zitrone wäre köstlich.»

«Und an so einem heißen Tag viel erfrischender, finde ich.» Sie reichte Virginia die Tasse und lehnte sich wieder zurück. «Wohin bist du gefahren?»

«Hm... oh, in die andere Richtung...»

«Land's End?»

«Nicht so weit. Nur bis Lanyon. Ich habe den Wagen in einer Parkbucht abgestellt, mich in den Farn gesetzt und die Aussicht genossen.»

«Wie schön», sagte Alice und fädelte die Nadel ein.

«Auf den Feldern wird gerade geheut.»

«Ja, das denk ich mir.»

«Es ändert sich nie, nicht? Ich meine, Lanyon. Keine neuen Häuser, keine neuen Straßen, keine Geschäfte, keine Wohnwagenplätze.» Sie nahm einen Mundvoll glühendheißen Lapsang Suchong und stellte die Tasse dann vorsichtig auf den gepflasterten Boden neben ihren Stuhl. «Alice, wird Penfolda noch von Eustace Philips bewirtschaftet?»

Alice hielt mit Nähen inne, nahm ihre Sonnenbrille ab und starrte Virginia an, ein fragendes Runzeln zwischen ihren dunklen Augenbrauen.

«Was weißt du von Eustace Philips? Woher kennst du ihn?»

«Alice, du hast ein schrecklich schlechtes Gedächtnis. Ihr selbst hattet mich mitgenommen, du und Tom, zu einem riesigen Grillfest auf den Klippen bei Penfolda. Es müssen mindestens dreißig Leute gewesen sein, und ich weiß nicht, wer es organisiert hatte, aber wir haben Würstchen am Feuer gebraten und Bier vom Faß getrunken. Das mußt du doch noch wissen. Und dann haben wir bei Mrs. Philips in der Küche Tee getrunken!»

«Jetzt, wo du mich erinnerst, fällt es mir wieder ein. Es war bitterkalt, aber sehr schön, und hinter Boscovey Head sahen wir den Mond aufgehen. Ja, ich erinnere mich. Aber wer hat das Grillfest veranstaltet? Eustace bestimmt nicht, er war immer zu sehr mit seinem Stall beschäftigt. Es müssen die Barnets gewesen sein. Er war Bildhauer und hatte einige Jahre in Porthkerris ein Atelier, bevor er nach London zog. Seine Frau flocht Körbe oder Gürtel oder so was, schrecklich folkloristisch, und sie hatten einen Haufen Kinder, die nie Schuhe trugen. Sie ließen sich immer die originellsten Parties einfallen. Es müssen die Barnets gewesen sein... Komisch, ich habe jahrelang nicht an sie gedacht. Und wir sind alle nach Penfolda gefahren.» Doch hier ließ ihr Gedächtnis sie im Stich. Sie sah Virginia ratlos an. «Oder nicht? Wer ist auf das Grillfest gegangen?»

«Mutter ist nicht mitgekommen. Sie sagte, so was wäre nicht ihr Fall...»

«Womit sie sehr recht hatte.»

«Aber du und ich und Tom sind hingegangen.»

«Natürlich. In Pullover und Socken gemummelt. Ich bin nicht sicher, ob ich nicht einen Pelzmantel anhatte. Aber wir sprachen von Eustace. Wie alt warst du, Virginia? Siebzehn? Daß du dich nach all den Jahren noch an Eustace Philips erinnerst!»

«Du hast meine Frage nicht beantwortet. Ist er noch in Penfolda?»

«Da der Hof seinem Vater und dessen Vater und, soviel ich weiß, davor dessen Vater gehörte, hältst du es wirklich für möglich, daß Eustace seine Sachen packen und weggehen würde?»

«Vermutlich nicht. Es ist bloß, als sie heute nachmittag das Heu eingeholt haben, da habe ich mich gefragt, ob er es war, der einen der Mähdrescher fuhr. Siehst du ihn manchmal, Alice?»

«Kaum. Nicht weil wir es nicht wollen, versteh mich

recht, aber er arbeitet schwer auf seinem Hof, und Tom hat so viel mit seinem Betrieb zu tun, daß ihre Wege sich nicht oft kreuzen. Ich nehme an, sie treffen sich manchmal bei der Hasenjagd oder auf der Dreikönigsversammlung... du kennst ja solche Veranstaltungen.»

Virginia nahm ihre Teetasse mit der Untertasse und betrachtete eingehend die gemalte Rose an der Seite. «Er ist verheiratet», sagte sie.

«Du sagst das wie eine unumstößliche Feststellung.»

«Ist es das nicht?»

«Nein. Er hat nie geheiratet. Weiß der Himmel warum. Ich fand ihn immer attraktiv, er war wie ein Naturbursche aus einem Roman von D. H. Lawrence. In Lanyon haben bestimmt eine Menge Frauen für ihn geschwärmt, aber er hat dem ganzen Haufen widerstanden. Anscheinend gefällt es ihm so.»

Eustace' Frau, so flugs in der Phantasie gezaubert, starb ebenso schnell, eine Erscheinung, vom kalten Wind der Realität ins Nichts geweht. Statt ihrer stellte Virginia sich die Küche in Penfolda vor, trist und unaufgeräumt, die vergessenen Reste der letzten Mahlzeit auf dem Tisch, Geschirr im Spülstein, ein Aschenbecher voll Zigarettenkippen.

«Wer sorgt für ihn?»

«Das weiß ich nicht. Seine Mutter ist, glaube ich, vor ein paar Jahren gestorben. Ich weiß nicht, was er macht. Vielleicht hat er eine verführerische Haushälterin oder eine zum Heimchen gezähmte Geliebte? Ich weiß es wirklich nicht.»

Und es ist mir auch schnuppe, ließ ihr Ton erkennen. Sie war mit dem Applizieren der Seidenkordel fertig, vernähte mit ein paar sauberen festen Stichen und riß den Faden mit einem kleinen Ruck ab. «So, geschafft. Ist die Farbe nicht göttlich? Aber es ist wirklich zu heiß zum Nähen.» Sie legte die Arbeit beiseite. «Ach du liebe Zeit, ich muß wohl mal nachsehen, was es zum Abendessen gibt. Was würdest du zu einem köstlichen frischen Hummer sagen?»

«‹Freut mich, dich zu sehen›, würde ich sagen.»

Alice stand auf, ihr langes Gestell überragte Virginia. «Hast du deine Post gesehen?»

«Ja, ich hab die Briefe eingesteckt.»

Alice bückte sich, um das Tablett aufzuheben. «Dann laß ich dich jetzt allein», sagte sie, «damit du sie in Ruhe lesen kannst.»

Um das Beste bis zuletzt aufzubewahren, las Virginia zuerst den Brief ihrer Schwiegermutter. Das Couvert war dunkelblau, mit marineblauem Seidenpapier gefüttert. Das Schreibpapier war dick, die Adresse schwarz auf den Briefkopf geprägt.

32 Welton Gardens, S. W. 8.

Meine liebe Virginia,
hoffentlich genießt Du das wunderbare Wetter, eine ziemliche Hitzewelle, gestern hatten wir über dreißig Grad. Ich nehme an, Du schwimmst in Alice' Pool, wie angenehm, nicht jedesmal zum Strand fahren zu müssen, wenn Du baden willst.

Beiden Kindern geht es gut, sie lassen Dich grüßen. Nanny geht jeden Tag mit ihnen in den Park. Sie nehmen ihre Teemahlzeit mit und verzehren sie dort. Ich war heute morgen mit Cara bei Harrods, um ihr ein paar neue Kleider zu kaufen, sie wird so groß und war aus den alten herausgewachsen. Eines ist blau mit aufgenähten Blumen, das andere rosa mit ein bißchen Smokarbeit. Sie werden Dir bestimmt gefallen!

Morgen gehen sie zu den Manning-Prestons zum Tee. Nanny freut sich auf einen ausführlichen Schwatz mit dem Kindermädchen, und Susan hat genau das richtige Alter für Cara. Es wäre nett, wenn sie Freundinnen würden.

Grüße Alice von mir und gib mir Bescheid, wenn Du Dich entschließt, wieder nach London zu kommen, aber wir schaffen es großartig und möchten nicht, daß Du aus irgendeinem Grund Deinen Urlaub abkürzt. Du hattest ihn wirklich nötig.

Mit lieben Grüßen
Dorothea Keile

Sie las den Brief zweimal, von widersprüchlichen Gefühlen hin und her gerissen. Doppeldeutigkeiten sprangen sie zwischen den akkurat geschriebenen, wohlgeformten Sätzen an. Sie sah ihre Kinder im Park, das versengte Londoner Gras in der Hitze vergilbt, niedergetreten und von Hunden besudelt. Sie sah den glühendheißen Morgenhimmel hoch über den Dächern, und das kleine Mädchen in Kleider gesteckt, die es weder mochte noch wollte; aber es war zu höflich, um sich zu wehren. Sie sah das große Haus der Manning-Prestons mit der Terrasse und dem gepflasterten Garten dahinter, wo Mrs. Manning-Preston ihre berühmten Cocktail-Parties gab und wohin Cara und Susan zum Spielen geschickt würden, während die Kindermädchen sich über Strickmuster unterhielten und darüber, was für ein Racker Nanny Briggs kleine Schutzbefohlene sei. Und sie sah Cara still dort stehen, versteinert vor Schüchternheit und von Susan Manning-Preston mit Verachtung behandelt, weil Cara eine Brille trug und Susan sie für ein Dummchen hielt.

Und «wir schaffen es großartig». Die Feststellung kam Virginia durch und durch zwielichtig vor. Wer war «wir»? Nanny und die Großmutter? Oder schloß es die Kinder ein, Virginias Kinder? Ließen sie Cara mit dem alten Teddy schlafen, von dem Nanny behauptete, er sei unhygienisch? Dachten sie immer daran, das Licht anzulassen, damit Nicholas nachts allein auf die Toilette gehen konnte? Und wurden sie jemals allein gelassen, unbeaufsichtigt, schmutzig, unordentlich, um in geheimen Winkeln im Garten zwecklose Spiele zu spielen, vielleicht mit einer Nuß oder einem Blatt und mit all den Phantasien, die in ihren kleinen, klugen, rätselhaften Köpfen waren?

Virginias Hände zitterten. Sie ärgerte sich über ihre Reaktion. Nanny hatte sich um die Kinder gekümmert, seit sie auf der Welt waren, sie kannte ihre Eigenarten, und niemand wurde besser mit Nicholas' Wutanfällen fertig als sie.

(Aber was bedeuteten diese Anfälle? Sollte er ihnen mit sechs Jahren nicht entwachsen sein? Von welchen Enttäuschungen wurden sie ausgelöst?)

Und Nanny war zärtlich zu Cara. Sie nähte den Puppen Kleider, strickte den Teddybären Schals und Pullover aus Wollresten. Und sie ließ Cara ihren Puppenwagen in den Park schieben; sie gingen über die Kreuzung am Albert Memorial. (Aber las sie Cara die Bücher vor, die das Kind liebte? *Die geliehenen Tage* und *Die Eisenbahnkinder* und *Der geheime Garten*, Wort für Wort?) Liebte sie die Kinder, oder betrachtete sie sie schlicht als ihren Besitz?

Ständig dieselben Fragen, die Virginia in letzter Zeit immer häufiger durch den Kopf gingen. Aber nie beantwortet wurden. In dem vollen Bewußtsein, dem Kern des Problems auszuweichen, verdrängte sie ihre Sorgen jedesmal mit einer Ausrede. Ich kann jetzt nicht darüber nachdenken, ich bin zu müde. In ein paar Jahren vielleicht, wenn Nicholas in die Vorschule kommt, vielleicht sage ich meiner Schwiegermutter dann, daß ich Nanny nicht mehr brauche; ich sage Nanny, es sei Zeit zu gehen, sich ein neues Baby zu suchen, für das sie sorgen kann. Und vielleicht bin ich im Moment einfach zu sentimental, das wäre nicht gut für die Kinder, sie sind bei Nanny besser aufgehoben; schließlich ist sie seit vierzig Jahren für Kinder da.

Einem gewohnten Beruhigungsmittel gleich, waren die abgedroschenen Ausreden ideal, um Virginias Unbehagen zu beschwichtigen. Sie steckte den blauen Brief in das vornehme Couvert zurück und wandte sich erleichtert dem zweiten zu. Die Erleichterung währte jedoch nicht lange. Cara hatte sich das Briefpapier ihrer Großmutter geborgt, doch ihre Sätze waren weder akkurat geschrieben noch wohlgeformt. Die Tinte war klecksig, und die Zeilen liefen schräg nach unten, als ob die Worte hoffnungslos bergab purzelten.

Liebste Mutter,
Hofentlich hast Du es schön. Hofentlich ist das Wetter schön. In London ist es heis. Ich muß mit Susan Maning Preston Tee trinken. Ich weis nicht, was wir spielen. Gestern abend hat Nicholas geschrien, und Großmutter mußte ihm eine Tablete geben. Er ist gans rot geworden. Ein Auge von meiner Puppe ist abgegangen, und ich kann es nicht finden. Bitte schreib mir balt, wann wir wieder nach Kirkton faren.

In Liebe Deine Cara.
P. S. Vergis nicht mir zu schreiben.

Sie faltete den Brief zusammen und steckte ihn weg. Ganz hinten im Garten, jenseits des Rasens, glitzerte Alices Swimmingpool wie ein Schmuckstück. Die kühle Luft war erfüllt von Vogelgesang und Blumenduft. Aus dem Haus hörte sie Alice mit Mrs. Jilkes, der Köchin, sprechen, zweifellos wegen des Hummers, den es zum Abendessen geben sollte.

Virginia fühlte sich hilflos, ratlos. Sie überlegte, ob sie Alice bitten sollte, die Kinder hierherholen zu können, und wußte im nächsten Augenblick, daß es ausgeschlossen war. Alice' Haus war nicht für Kinder geeignet, sie waren in ihrem Leben nicht vorgesehen. Alice würde sich maßlos ärgern, wenn Cara vergaß, ihre Gummistiefel auszuziehen, wenn Nicholas seinen Fußball in die kostbare Blumenrabatte schoß oder «Bilder» auf die Tapete malte. Ohne Nanny wäre er zweifellos unerträglich, weil er immer doppelt ungezogen war, wenn sie ihn nicht beaufsichtigte.

Ohne Nanny. Das waren die ausschlaggebenden Worte. Allein verantwortlich. Sie würde allein für sie verantwortlich sein.

Schon der bloße Gedanke machte ihr angst. Was würde sie mit ihnen anfangen? Wo würden sie wohnen? Wie Fühler tasteten ihre Gedanken suchend nach Ideen. Im Hotel? Aber die hiesigen Hotels waren vollgestopft mit Sommergästen und schrecklich teuer. Außerdem wäre Nicholas im Hotel genauso nervtötend wie in Haus Wheal. Sie erwog, einen Wohnwagen zu mieten oder mit ihnen am Strand zu zelten wie die zahllosen Tramper, die jeden Sommer einfielen, Feuer aus Treibholz machten und auf dem kühlen Sand schliefen.

Natürlich könnten sie jederzeit nach Kirkton. Irgendwann würde sie zurück müssen. Doch ihre sämtlichen Instinkte scheuten vor der Heimkehr nach Schottland zurück, vor der Heimkehr in das Haus, wo sie mit Anthony gelebt hatte, an den Ort, wo ihre Kinder geboren waren, den einzigen Ort, der für sie Heimat war. Wenn sie an Kirkton dachte, sah sie Baumschatten auf hellen Mauern flackern, das kalte Nordlicht an den weißen Zimmerdecken reflektieren; sie hörte ihre eigenen Füße die teppichlose, gebohnerte Treppe hinaufgehen. Sie dachte an die klaren Herbstabende, wenn die ersten Gänse vorüberflogen, und an den Park vor dem Haus, der sich bis ans Ufer des tiefen, rasch dahineilenden Flusses hinunterzog…

Nein, noch nicht. Cara würde warten müssen. Später würden sie vielleicht nach Kirkton zurückkehren. Noch nicht. Hinter ihr schlug eine Tür, und sie wurde durch die Ankunft des von der Arbeit heimgekehrten Tom Lingard abrupt in die Wirklichkeit zurückgeholt. Sie hörte ihn nach Alice rufen, dann seine Aktentasche auf den Dielentisch werfen und auf der Suche nach seiner Frau in den Innenhof herauskommen.

«Hallo, Virginia.» Er bückte sich und gab ihr einen flüchtigen Kuß auf den Scheitel. «Ganz allein? Wo ist Alice?»

«Sie hat in der Küche eine Besprechung mit einem Hummer.»

«Post von den Kindern? Alles bestens? Na prima...» Es war Toms Eigenart, nie eine Antwort auf seine Fragen abzuwarten. Virginia fragte sich zuweilen, ob dies das Geheimnis seines enormen Erfolgs war. «Was hast du den ganzen Tag gemacht? In der Sonne gelegen? Genau das Richtige. Hast du Lust, jetzt mit mir schwimmen zu gehen? Die Bewegung wird dir guttun nach der Faulenzerei. Alice soll auch mitkommen...» Leichten Schrittes und strotzend vor Energie ging er ins Haus und durch den Flur zur Küche, während er lauthals nach seiner Frau rief. Und Virginia, dankbar für die Aufforderung, stand auf, nahm ihre Post, ging gehorsam hinein und nach oben in ihr Zimmer, um einen Bikini anzuziehen.

2

Die Anwälte hießen Smart, Chirgwin und Williams. Zumindest waren dies die Namen auf dem Messingschild an der Tür, das so lange und gründlich poliert worden war, daß die Buchstaben ihre Schärfe verloren hatten und schwer lesbar waren. An der Tür befanden sich außerdem ein Messingklopfer und ein Messingknauf, glatt und schimmernd wie das Schild. Als Virginia den Knauf drehte und die Tür öffnete, trat sie in einen schmalen Flur mit gebohnertem braunem Linoleum und glänzendem cremefarbenem Anstrich, und sie hatte das Gefühl, daß sich hier jemand tagaus, tagein zu Tode schuftete.

Vor ihr befand sich ein Glasfenster, wie ein altmodischer Fahrkartenschalter, mit der Aufschrift AUSKUNFT. Virginia entdeckte einen Klingelknopf, und auf ihr Läuten schnellte das Fenster hoch.

«Ja?»

Erschrocken erklärte Virginia dem Gesicht hinter dem Schalter, daß sie Mr. Williams sprechen wolle.

«Haben Sie einen Termin?»

«Ja. Ich bin Mrs. Keile.»

«Einen Moment bitte.»

Das Fenster klappte herunter, und das Gesicht verzog sich. Kurz darauf ging eine Tür auf, das Gesicht erschien wieder, zusammen mit einem gutgepolsterten Körper und einem Paar Beine, die in robusten Schnürschuhen endeten.

«Bitte hier entlang, Mrs. Keile.»

Obwohl das Haus der Anwaltskanzlei ganz oben auf dem Hügel stand, der Porthkerris begrenzte, hatte Virginia nicht mit dem herrlichen Blick gerechnet, der sich ihr nun bot. Mr. Williams' Schreibtisch stand mitten im Raum auf dem Teppich. Mr. Williams war soeben im Begriff, sich zu erheben. Und hinter Mr. Williams umrahmte ein großes Panoramafenster die ganze kunterbunte, reizvolle Altstadt von Porthkerris wie ein zauberhaftes Gemälde. Hausdächer – verblaßter Schiefer und weißgetünchte Kamine – schienen sich in planlosem Durcheinander den Hügel hinabzuziehen; hier und da leuchteten ein Fenstersims mit Geranien, eine mit fröhlich bunter Wäsche beflaggte Leine, die Blätter eines in dieser Gegend unvermuteten Baumes. Jenseits der Dächer glitzerte weit unten der Hafen im Sonnenschein. Boote schaukelten vor Anker, ein weißes Segel schoß aus dem Schutz der Hafenmauer heraus und strebte der schnurgeraden Horizontlinie zu, wo sich das Blau des Meeres und des Himmels trafen. Die Luft war erfüllt vom Kreischen der Möwen, der Himmel überzogen von ihren weißen Schwingen, und als Virginia dort stand, erklang von dem normannischen Kirchturm ein einfaches Glockenspiel. Dann schlug es elf Uhr.

«Guten Morgen», sagte Mr. Williams, und Virginia wurde bewußt, daß er es schon zweimal gesagt hatte. Sie riß sich von der Aussicht los und bemühte sich, ihre Aufmerksamkeit auf ihn zu konzentrieren.

«Oh, guten Morgen. Ich bin Mrs. Keile, ich...» Aber es war unmöglich. «Wie können Sie bei so einer Aussicht arbeiten?»

«Deswegen sitze ich ja mit dem Rücken zum Fenster...»

«Es ist atemberaubend.»

«Ja, und einmalig. Wir werden oft von Künstlern gefragt, ob sie den Hafen von diesem Fenster aus malen dürfen. Man kann die ganze Anordnung der Stadt sehen, und die Farben sind immer anders und immer schön. Außer natürlich an Regentagen. Nun», sein Verhalten wechselte abrupt, als sei er begierig, an die Arbeit zu kommen und keine weitere Zeit zu verschwenden, «was kann ich für Sie tun?» Er bot ihr einen Stuhl an.

Virginia setzte sich, bemüht, nicht mehr aus dem Fenster zu sehen und sich auf die anstehende Angelegenheit zu konzentrieren. «Vielleicht bin ich hier an der falschen Adresse, aber ich kann in der ganzen Stadt keinen Immobilienmakler finden. Ich habe in der Tageszeitung nach einem Haus gesucht, aber es gibt anscheinend nichts. Und dann entdeckte ich im Telefonbuch Ihren Namen und hoffte, daß Sie mir vielleicht helfen können.»

«Ihnen helfen, ein Haus zu finden?» Mr. Williams war jung, sehr dunkel, seine Augen interessierten sich offen für die attraktive Frau, die ihm an seinem Schreibtisch gegenübersaß.

«Nur zur Miete.»

«Für wie lange?»

«Einen Monat... meine Kinder müssen in der ersten Septemberwoche wieder zur Schule.»

«Ich verstehe. Eigentlich fallen solche Angelegenheiten nicht in unser Ressort, aber ich kann Miss Leddra fragen, ob sie etwas weiß. Es ist natürlich Hochsaison, und die Stadt ist randvoll mit Gästen. Sollten Sie trotzdem etwas finden, fürchte ich, daß Sie eine horrende Miete zahlen müssen.»

«Das ist mir egal.»

«Schön, warten Sie einen Moment...»

Er ging hinaus, und Virginia hörte ihn mit der Frau sprechen, die sie hereingelassen hatte. Virginia stand auf, trat wieder ans Fenster, öffnete es weit und lachte, als eine Möwe aufgebracht vom Sims flog. Vom Meer her wehte ein kühler, frischer Wind. Ein vollbesetzter Ausflugsdampfer legte ab, und plötzlich sehnte sich Virginia, an Bord zu sein, ohne jede Verantwortung, sonnengebräunt, einen Hut mit der Aufschrift KÜSS MICH auf dem Kopf, und vor Lachen zu kreischen, wenn die ersten Wellen das Boot zum Schaukeln brächten.

Mr. Williams kam zurück. «Können Sie einen Augenblick warten? Miss Leddra sieht gerade nach...»

«Ja, natürlich.» Sie setzte sich wieder auf ihren Stuhl.

«Wohnen Sie in Porthkerris?» fragte Mr. Williams im Plauderton.

«Ja, bei Freunden. Bei den Lingards in Haus Wheal.»

Sein Verhalten war weder beiläufig noch vertraulich gewesen, doch mit einemmal wurde er beinahe ehrfürchtig.

«Oh. Ein bezauberndes Anwesen.»

«Ja. Alice hat es wunderschön hergerichtet.»

«Sind Sie früher schon einmal dagewesen?»

«Ja, vor zehn Jahren. Aber seitdem nicht mehr.»

«Sind Ihre Kinder auch hier?»

«Nein, sie sind in London bei ihrer Großmutter. Aber ich möchte sie, wenn es geht, zu mir holen.»

«Sind Sie in London zu Hause?»

«Nein. Meine Schwiegermutter wohnt in London.» Mr. Williams wartete. «Zu Hause bin ich... wir leben in Schottland.»

Er wirkte begeistert... Virginia hatte keine Ahnung, wieso es ihn begeisterte, daß sie in Schottland lebte. «Wie herrlich! In welcher Gegend?»

«Pertshire.»

«Da ist es am schönsten. Meine Frau und ich haben vorigen Sommer dort Urlaub gemacht. Dieser Frieden, die leeren Straßen, die Ruhe. Wie können Sie es hier aushalten?»

Virginia hatte eben zur Antwort angesetzt, als das Gespräch glücklicherweise von Miss Leddra unterbrochen wurde, die mit einem Stapel Papiere hereinkam.

«Hier, Mr. Williams. Das ist es, Bosithick. Und der Brief

von Mr. Kernow, daß er es vermieten will, wenn wir für August einen Mieter finden können. Aber nur an einen geeigneten Mieter, Mr. Williams. Darauf besteht er unbedingt.»

Mr. Williams nahm die Papiere und lächelte Virginia über den Stapel hinweg an.

«Sind Sie eine geeignete Mieterin, Mrs. Keile?»

«Kommt darauf an, was Sie mir bieten, oder?»

«Es ist nicht direkt in Porthkerris... danke schön, Miss Leddra... aber nicht sehr weit außerhalb... in Lanyon, genauer gesagt...»

«Lanyon!»

Es mußte sich entsetzt angehört haben, denn Mr. Williams nahm Lanyon sogleich energisch in Schutz. «Es ist ein ganz entzückendes Fleckchen, der schönste Küstenstrich weit und breit.»

«Ich wollte nicht sagen, daß es mir nicht gefällt. Ich war nur überrascht.»

«Inwiefern?»

Er hatte den durchdringenden Blick eines Vogels. «Aus keinem besonderen Grund. Erzählen Sie mir von dem Haus.»

Er erzählte. Es sei ein altes Cottage, weder schick noch schön, dem aber der bescheidene Ruhm gebühre, daß ein bekannter Schriftsteller in den zwanziger Jahren dort gewohnt und gearbeitet hatte.

Virginia fragte: «Welcher?»

«Verzeihung?»

«Welcher bekannte Schriftsteller?»

«Oh, Entschuldigung. Aubrey Crane. Wußten Sie nicht, daß er einige Jahre in dieser Gegend gelebt hat?»

Virginia hatte es nicht gewußt. Doch Aubrey Crane hatte zu den zahlreichen Schriftstellern gehört, die Virginias Mutter nicht schätzte. Sie erinnerte sich an die kühle Miene ihrer Mutter, die geschürzten Lippen, wann immer seine Bücher erwähnt wurden, erinnerte sich, wie sie sofort in die Bibliothek zurückgebracht wurden, bevor die junge Virginia einen Blick hineinwerfen konnte. Aus irgendeinem Grund schien dies das Cottage namens Bosithick um so begehrenswerter zu machen. «Weiter», sagte Virginia.

Mr. Williams fuhr fort. Das alte Cottage sei ein wenig modernisiert worden ... es gebe ein neues Badezimmer, eine Toilette und einen Elektroherd.

«Wem gehört es?» fragte Virginia.

«Mr. Kernow ist der Neffe der alten Dame, der das Haus gehört hat. Sie hat es ihm vererbt, aber er wohnt in Plymouth und benutzt es nur in den Ferien. Er wollte diesen Sommer mit seiner Familie kommen, aber seine Frau ist krank geworden und kann die Reise nicht machen. Da wir Mr. Kernows Anwälte sind, hat er uns mit der Angelegenheit betraut, mit der Anweisung, daß wir das Haus nur an jemanden vermieten, bei dem man sich darauf verlassen kann, daß er es in Ordnung hält.»

«Wie groß ist es?»

Mr. Williams ging seine Papiere durch. «Mal sehen, Küche, Wohnzimmer, ein Bad im Parterre, Diele und drei Zimmer oben.»

«Hat es einen Garten?»

«Keinen richtigen.»

«Wie weit liegt es von der Straße ab?»

«Etwa hundert Meter einen Feldweg entlang, soweit ich mich erinnere.»

«Könnte ich es sofort haben?»

«Ich sehe keinen Hinderungsgrund. Aber Sie müssen es sich zuerst ansehen.»

«Ja, natürlich ... wann kann ich es sehen?»

«Heute? Morgen?»

«Morgen vormittag.»

«Ich werde Sie selbst begleiten.»

«Danke, Mr. Williams.» Virginia stand auf und steuerte auf die Tür zu, und er mußte sich beeilen, um Virginia zuvorzukommen und sie ihr aufzuhalten.

«Nur eins noch, Mrs. Keile.»

«Was?»

«Sie haben nicht nach der Miete gefragt.»

Sie lächelte. «Nein, oder? Auf Wiedersehen, Mr. Williams.»

Virginia sagte Alice und Tom nichts. Sie wollte nicht in Worte fassen, was bestenfalls eine vage Idee war. Sie wollte sich nicht in eine Diskussion verwickeln, sich nicht überzeugen lassen, daß entweder die Kinder am besten in London bei ihrer Großmutter blieben oder daß Alice über die möglichen Beschädigungen hinwegsehen könnte, die die Kinder vielleicht in Haus Wheal anrichten würden, und darauf bestünde, sie bei sich aufzunehmen. Wenn Virginia etwas gefunden hätte, wo sie wohnen konnten, wollte sie Alice vor vollendete Tatsachen stellen. Und dann würde Alice ihr vielleicht helfen, die schwerste Hürde zu nehmen, nämlich die Großmutter zu überreden, die Kinder ohne Nanny nach Cornwall zu lassen. Allein die Aussicht auf diese Zerreißprobe bewirkte, daß Virginia im Geiste kehrtmachte und die Flucht ergriff, aber zunächst galt es andere, kleinere Hindernisse zu überwinden, und sie war entschlossen, diese selbst in Angriff zu nehmen.

Alice war eine perfekte Gastgeberin. Als Virginia ihr sagte, daß sie den Vormittag fort sein würde, kam es ihr nicht in den Sinn, sie zu fragen, was sie vorhabe. Sie sagte nur: «Wirst du zum Mittagessen dasein?»

«Ich glaube nicht... Sagen wir lieber, nein...»

«Dann sehen wir uns zum Tee. Danach gehen wir zusammen schwimmen.»

«Himmlisch», sagte Virginia. Sie gab Alice einen Kuß und

ging hinaus, stieg in ihren Wagen und fuhr den Hügel hinunter nach Porthkerris. Sie parkte den Wagen am Bahnhof und ging zur Anwaltskanzlei, um Mr. Williams abzuholen.

«Mrs. Keile, es tut mir unendlich leid, aber ich kann Sie heute morgen nicht nach Bosithick begleiten. Eine alte Klientin kommt aus Turo, und ich muß hier sein, um sie zu empfangen; ich hoffe, Sie haben Verständnis! Hier sind die Schlüssel zum Haus, ich habe eine ausführliche Zeichnung gemacht, damit Sie es finden... ich glaube nicht, daß Sie es verfehlen können. Macht es Ihnen etwas aus, allein hinzufahren, oder möchten Sie, daß Miss Leddra mitkommt?»

Virginia stellte sich die furchteinflößende Miss Leddra vor und versicherte, sie komme gut allein zurecht. Sie bekam einen Ring mit großen Schlüsseln ausgehändigt, jeder mit einem Holzschildchen versehen. Haustür, Kohleschuppen, Turmzimmer. «Sie müssen auf den Feldweg achten», sagte Mr. Williams zu ihr, als sie zur Tür gingen. «Er ist ziemlich holprig, und vor dem Tor von Bosithick ist kein Platz zum Wenden, aber wenn Sie den Weg weiterfahren bis zu einem alten Bauernhof, können Sie dort umdrehen. So, wenn Sie meinen, daß Sie zurechtkommen... es tut mir schrecklich leid, aber ich werde selbstverständlich hier sein, um zu hören, was Sie von dem Haus halten. Ach ja, Mrs. Keile, es steht seit einigen Monaten leer. Versuchen Sie sich nicht beeinflussen zu lassen, wenn es Ihnen ein bißchen muffig vorkommt. Reißen Sie einfach die Fenster auf und stellen Sie es sich mit einem lustig flackernden Kaminfeuer vor.»

Ein wenig entmutigt von diesen abschließenden Bemerkungen, ging Virginia zu ihrem Wagen. Die Schlüssel zu dem unbekannten Haus wogen schwer wie Blei in ihrer Handtasche. Ganz plötzlich sehnte sie sich nach Gesellschaft und zog sogar einen verrückten Augenblick lang in Betracht, nach Haus Wheal zurückzufahren, Alice ein Geständnis abzulegen und sie zu überreden, mit nach Lanyon zu kommen und ihr ein wenig moralische Unterstützung zu leisten. Aber das war lächerlich. Es galt nur, ein kleines Cottage zu besichtigen und entweder zu mieten oder zu verwerfen. Das konnte bestimmt jeder Dummkopf zustande bringen … sogar Virginia.

Das Wetter war noch schön und der Verkehr noch fürchterlich. Sie kroch in der langen Autoschlange in die Stadt hinein und auf der anderen Seite hinaus. Oben auf dem Hügel, wo die Straße sich gabelte, wurde der Verkehr ein wenig ruhiger, und sie konnte etwas beschleunigen und eine Reihe bummelnder Autos überholen. Als sie über die Heide fuhr und das Meer sich unter ihr ausbreitete, hob sich ihre Stimmung. Die Straße wand sich wie ein graues Band über den farnbedeckten Hang; zu ihrer Linken ragte die große Felsnase von Carn Edvor empor, lila gefleckt von Heidekraut, und zu ihrer Rechten fiel das Land, das vertraute Patchworkmuster aus Feldern und Bauernhöfen, das sie erst vor zwei Tagen betrachtet hatte, zum Meer hin ab.

Mr. Williams hatte ihr gesagt, sie solle auf eine Gruppe windschiefer Weißdornsträucher am Straßenrand achten. Dahinter komme eine steile Kurve und dann der schmale Feldweg, der zum Meer hinunterführe. Es war nicht mehr als ein steiniger Pfad, von einer hohen Dornenhecke gesäumt. Virginia schaltete in den niedrigsten Gang und kroch vorsichtig hügelab, bemüht, Huckeln und Schlaglöchern auszuweichen und nicht an den Schaden zu denken, den die stacheligen Sträucher dem Lack ihres Wagens zufügten.

Von einem Haus war nichts zu sehen, bis sie um eine steile Kurve bog und es direkt vor ihr lag. Eine Mauer, dahinter ein Giebel und ein Schieferdach. Sie hielt auf dem Weg an, nahm ihre Handtasche und stieg aus. Ein kalter, salziger Wind blies vom Meer, und es roch nach Stechginster. Sie ging zum Tor und wollte es öffnen, doch die Angeln waren zerbrochen, und sie mußte es anheben, bevor sie sich hindurchzwängen konnte. Ein schmaler Pfad führte zu ein paar Steinstufen und dann zum Haus hinunter, und Virginia sah, daß es langgestreckt und niedrig war, mit Giebeln im Norden und Süden. Auf der Nordseite, mit Blick zum Meer, war ein Zimmer mit einem eckigen Turm angebaut worden. Der Turm verlieh dem Haus ein seltsam weihevolles Aussehen, das Virginia abschreckte. Es gab keinen nennenswerten Garten, doch auf der Südseite wogte ein ungemähtes Rasenstück im Wind, und zwei schiefe Pfosten hielten die Reste einer Wäscheleine.

Sie ging die Stufen hinunter und über einen naßkalten Weg an der Hausseite entlang zur Eingangstür. Diese war einst dunkelrot gestrichen gewesen und jetzt mit aufspringenden Sonnenblasen genarbt. Virginia nahm den Schlüssel heraus, steckte ihn ins Schlüsselloch, drehte Türknauf und Schlüssel zusammen herum, und sofort schwang die Tür geräuschlos nach innen. Sie sah eine winzige Treppe, einen abgelaufenen Teppich auf nackten Dielen; es roch feucht und nach... Mäusen? Sie schluckte nervös. Sie haßte Mäuse, aber nachdem sie nun so weit gekommen war, konnte sie ebensogut die zwei abgetretenen Stufen hinaufgehen und behutsam über die Schwelle treten.

Sie brauchte nicht lange für den alten Teil des Hauses, für einen Blick in die kleine Küche mit dem unzulänglichen Herd und dem fleckigen Ausguß, das Wohnzimmer, das vollgestopft war mit lauter verschiedenen Sesseln. In der Vertiefung des riesigen alten Kamins saß ein Elektroofen wie ein wildes Tier in der Öffnung seiner Höhle. Fadenscheinige Baumwollgardinen hingen an den Fenstern voller Fliegendreck, und auf einer Anrichte türmten sich mehr oder weniger angeschlagene Tassen, Teller und Schüsseln in allen Größen und Formen.

Ohne viel Hoffnung ging Virginia nach oben. Die Schlafzimmer waren düster, mit winzigen Fenstern und unpassenden, viel zu großen Möbeln. Sie kehrte zum Treppenabsatz zurück, ging noch eine Treppe höher zu einer geschlossenen Tür und öffnete sie. Nach der Düsternis des übrigen Hauses war sie geblendet von dem hellen Nordlicht, das sie unvermittelt überfiel. Benommen trat sie blindlings in einen erstaunlichen Raum. Klein, vollkommen quadratisch, mit Fenstern an drei Wänden, lag er weit über dem Meer wie die Kommandobrücke eines Schiffes, mit einem Blick auf die Küste, der wohl über mehr als zwanzig Kilometer reichte.

Ein Fenstersitz mit einem verblichenen Bezug verlief an der Nordseite des Raums. Das Zimmer war mit einem gescheuerten Tisch und einem alten Flechtteppich ausgestattet, und mitten im Raum befand sich, wie eine dekorative Brunneneinfassung, das schmiedeeiserne Geländer einer Wendeltreppe, die direkt in den Raum darunter führte, die «Diele» aus Mr. Williams' Beschreibung.

Vorsichtig stieg Virginia hinunter. Der Raum wurde von einem enormen Jugendstilkamin beherrscht. Dahinter lag das Badezimmer; eine weitere Tür, und sie war wieder da, wo sie angefangen hatte, in dem dunklen, bedrückenden Wohnzimmer.

Es war ein außergewöhnliches, ein schreckliches Haus. Es umschloß sie, wartete, daß sie zu einem Entschluß käme, verachtete ihre Furchtsamkeit. Um sich Zeit zu lassen, ging sie wieder in das Turmzimmer hinauf, setzte sich auf den Fenstersitz und kramte in ihrer Handtasche nach einer Zigarette. Ihre letzte. Sie würde welche kaufen müssen. Sie zündete sie an und betrachtete den gescheuerten Tisch, die verblaßten Farben des Teppichs und wußte, dies war Aubrey Cranes Arbeitszimmer gewesen, wo er sich die lüsternen Liebesgeschichten abgerungen hatte, deren Lektüre Virginia nie erlaubt worden war. Sie sah ihn, bärtig und mit Knickerbokkern, und seine konventionelle Erscheinung strafte die Passionen seines rebellischen Herzens Lügen. Im Sommer hatte er vielleicht diese Fenster weit aufgerissen, um all die Gerüche und Geräusche des Landes einzufangen, das Tosen der See, das Pfeifen des Windes. Aber im Winter konnte es bitterkalt sein, und er mußte in Decken gehüllt und mit schmerzenden, frostbeuligen Fingern in gestrickten Wollhandschuhen geschrieben haben...

Irgendwo im Zimmer brummte eine Fliege und stieß gegen die Fensterscheibe. Virginia lehnte die Stirn an das kühle Glas, starrte blicklos auf die Aussicht und begann eine der endlosen Für-und-wider-Diskussionen, die sie seit Jahren mit sich selbst führte.

Ich kann nicht hierherziehen.

Warum nicht?

Ich hasse es. Es ist gespenstisch und beängstigend. Es hat eine schauerliche Atmosphäre.

Das bildest du dir nur ein.

Das Haus ist unmöglich. Ausgeschlossen, die Kinder hierherzuholen. Sie haben noch nie in so einem Haus gewohnt. Außerdem können sie nirgendwo spielen.

Sie haben die ganze Welt zum Spielen. Die Felder, die Klippen und das Meer.

Aber sich um sie zu kümmern... das Waschen und Bügeln, und die Kocherei. Und es gibt keinen Kühlschrank, und wie mache ich Wasser heiß?

Ich dachte, es käme nur darauf an, die Kinder bei dir zu haben, fort von London.

Sie sind in London bei Nanny besser aufgehoben als in einem solchen Haus.

So hast du gestern aber nicht gedacht.

Ich kann sie nicht hierherholen. Ich wüßte nicht, wo anfangen. Ganz auf mich allein gestellt.

Was wirst du also tun?

Ich weiß nicht. Mit Alice reden, vielleicht hätte ich vorher mit ihr reden sollen. Sie hat selbst keine Kinder, aber sie wird es verstehen. Vielleicht weiß sie ein anderes kleines Haus. Sie wird es verstehen. Sie wird mir helfen. Sie muß mir helfen.

War wohl nichts, sagte ihre eigene kühle, strenge Stimme, *mit all den entschiedenen Entschlüssen.*

Wütend drückte Virginia die halbgerauchte Zigarette aus, zertrat sie mit dem Absatz, stand auf, ging hinunter, nahm die Schlüssel und schloß die Tür hinter sich ab. Sie ging den Weg zurück durchs Tor, machte es zu. Das Haus beobachtete sie, die kleinen Schlafzimmerfenster waren wie spöttische Augen. Sie riß sich von ihrem Blick los und begab sich in den Schutz ihres Wagens. Es war Viertel nach zwölf. Sie brauchte Zigaretten und wurde in Haus Wheal nicht zum Mittagessen erwartet, deshalb schlug sie, als sie gewendet hatte und wieder auf der Hauptstraße war, nicht die Richtung nach Porthkerris ein, sondern fuhr in der anderen Richtung das kurze Stück nach Lanyon und hielt schließlich auf dem mit Kopfsteinen gepflasterten Platz, der auf einer Seite von der Kirche mit dem eckigen Turm und auf der anderen von einem kleinen weißgetünchten Pub namens The Mermaid's Arms flankiert war.

Wegen des schönen Wetters waren vor dem Pub Tische und Stühle aufgestellt, mit bunten Sonnenschirmen und Kübeln mit orangengelber Kapuzinerkresse. Ein Mann und eine Frau in Urlaubskleidung saßen dort und tranken Bier, ihr kleiner Junge spielte mit einem Hündchen. Als Virginia näher kam, blickten sie auf, um mit einem Lächeln zu grüßen, und Virginia lächelte zurück und ging an ihnen vorbei durch die Tür, wobei sie unter dem geschwärzten Sturz instinktiv den Kopf einzog.

Der Innenraum war dunkel getäfelt, niedrig, trübe erhellt von winzigen, mit Spitzengardinen verschleierten Fenstern;

es roch kühl und moderig, aber nicht unangenehm. Ein paar Gestalten, in der Düsternis kaum zu erkennen, saßen an der Wand oder an kleinen wackligen Tischen, und hinter der Bar rieb der Barmann, eingerahmt von hängenden Bierkrügen, in Hemdsärmeln und einem karierten ärmellosen Pullover, mit einem Geschirrtuch Gläser blank.

«... weiß nicht, wie das kommt, William», sagte er zu einem Gast, der trübsinnig auf einem Barhocker saß, mit einer Zigarette, die fast nur aus Asche bestand, und einem Glas Bier, «... aber du stellst die Abfallkörbe auf, und kein Mensch schmeißt nix rein...»

«Rr...» machte William, nickte traurig und streute Zigarettenasche in sein Bier.

«Das Zeug fliegt über die ganze Straße, und die Verwaltung kommt sie nicht ausleeren. Sind ja auch häßliche alte Kästen, wir wären ohne besser dran. Sind ja früher auch ohne ganz gut ausgekommen...» Er stellte das fertigpolierte Glas geräuschvoll ab und wandte sich Virginia zu.

«Ja bitte, Madam?»

Er war ein typischer Cornwaller, in der Sprechweise, im Aussehen, in den Farben. Rotes, windgegerbtes Gesicht, blaue Augen, schwarze Haare.

Virginia fragte nach Zigaretten.

«Hab bloß Päckchen zu zwanzig. Recht so?» Er drehte sich um, nahm sie aus dem Regal und schlitzte die Packung gekonnt mit dem Daumennagel auf. «Schöner Tag, wie? Machen Sie hier Urlaub?»

«Ja.» Sie war seit Jahren in keinem Pub gewesen. In Schottland nahm man Frauen nicht mit ins Pub. Sie hatte die Atmosphäre vergessen, die gemütliche Kameradschaftlichkeit. Sie sagte: «Haben Sie Cola?»

Er machte ein erstauntes Gesicht. «Klar hab ich Cola. Für die Kinder. Woll'n Se eine?»

«Bitte.»

Er langte nach einer Flasche, öffnete sie geschickt, goß ein Glas ein und schob es ihr über die Theke hin.

«Ich hab eben zu William hier gesagt, die Straße nach Porthkerris ist 'ne Schande...» Virginia zog sich einen Barhocker heran und setzte sich, um zuzuhören. «... der ganze Unrat, der da rumliegt. Die Urlauber wissen anscheinend nicht wohin mit ihrem Abfall. Man sollte meinen, wenn sie in so 'ne herrliche Gegend kommen, würden sie ihren Verstand gebrauchen, mit dem sie geboren sind, und ihr Papierzeug im Wagen mit nach Hause nehmen und nicht am Straßenrand liegenlassen. Sie quatschen von Naturschutz und Umwelt, aber, mein Gott...»

Er war wieder bei dem Thema, das offensichtlich sein Steckenpferd war, nach dem wohlberechneten beifälligen Grunzen zu urteilen, das aus allen Ecken des Raums kam. Virginia zündete sich eine Zigarette an. Draußen auf dem sonnigen Platz fuhr ein Wagen vor, der Motor verstummte, eine Tür knallte. Sie hörte eine Männerstimme guten Morgen sagen, dann kamen hinter ihr Schritte durch die Tür und in die Bar.

«... ich hab deswegen an unseren Abgeordneten geschrieben und gefragt, wer die Chose saubermachen soll, er hat geantwortet, die Gemeindeverwaltung ist verantwortlich, aber ich hab zurückgeschrieben...» Über Virginias Kopf hinweg sichtete er den neuen Gast. «Hallo! Lange nicht gesehen.»

«Immer noch bei den Abfallkörben, Joe?»

«Junge, du kennst mich, ich reite 'n Thema zu Tode, wie 'n Terrier, der 'ne Ratte tötet. Was soll's denn sein?»

«Ein Bier.»

Joe drehte sich um, um das Bier zu zapfen, und der Neuankömmling trat näher und stellte sich zwischen Virginia und den trübsinnigen William. Sie hatte seine Stimme gleich erkannt, so wie sie seinen Schritt erkannt hatte, als er über die geflieste Schwelle von The Mermaid's Arms trat.

Sie nahm einen Schluck Cola, setzte das Glas ab. Ihre Zigarette schmeckte auf einmal bitter; sie drückte sie aus und wandte den Kopf, um ihn anzusehen, und sie sah das blaue Hemd mit den von seinen braunen Unterarmen hochgekrempelten Ärmeln und die kurzgeschnittenen, struppigen braunen Haare, eng an seinem Kopf anliegend wie ein Pelz. Und weil nichts anderes zu tun war, sagte sie: «Hallo Eustace.»

Erschrocken schnellte sein Kopf herum, und er machte ein Gesicht wie einer, der plötzlich in den Bauch geboxt wurde, verwirrt und begriffsstutzig. Sie sagte rasch: «Ich bin's wirklich», und er lächelte ungläubig, kläglich, als wüßte er, daß er sich zum Narren hatte machen lassen.

«Virginia.»

Sie sagte noch einmal dümmlich: «Hallo.»

«Um Himmels willen, was tust du hier?»

Sie war sich bewußt, daß alle Ohren im Raum auf ihre Antwort warteten. Sie gab sie ganz locker und lässig. «Zigaretten kaufen. Was trinken.»

«Das habe ich nicht gemeint. Ich meine, in Cornwall. Hier, in Lanyon.»

«Ich mach Ferien. Ich wohne bei den Lingards in Porthkerris.»

«Wie lange bist du schon hier?»

«Ungefähr eine Woche...»

«Und was machst du hier draußen?»

Doch bevor sie dazu kam, es ihm zu sagen, hatte der Barmann Eustaces Bierkrug über die Theke geschoben, und Eustace war durch die Suche nach dem passenden Geld in seiner Hosentasche abgelenkt.

«Alte Freunde, wie?» fragte Joe und sah Virginia mit

neuem Interesse an, und sie sagte: «Ja, ich nehme an, so könnte man es nennen.»

«Ich habe sie zehn Jahre nicht gesehen», erklärte Eustace ihm, während er die Münzen über die Theke schob. Er sah auf Virginias Glas. «Was trinkst du?»

«Cola.»

«Nimm dein Glas mit nach draußen, wir können uns in die Sonne setzen.»

Sie folgte ihm, sich der Blicke bewußt, die ihnen nachstierten. Die unersättliche Neugier. Draußen im Sonnenschein stellten sie ihre Gläser auf einen Holztisch und setzten sich nebeneinander auf eine Bank, das Gesicht in die Sonne, den Rücken an der weißgetünchten Mauer des Pubs.

«Es macht dir doch nichts aus, hier draußen zu sitzen? Drinnen können wir kein Wort reden, ohne daß es binnen einer halben Stunde in der ganzen Gegend herumgeht.»

«Ich sitze gerne draußen.»

Er saß so dicht neben ihr, daß Virginia seine rauhe, wettergegerbte Haut ganz deutlich erkennen konnte, das Netz kleiner Fältchen um seine Augen, die ersten weißen Strähnen in dem dichten braunen Haar. Sie dachte, ich bin wieder bei ihm.

Er sagte: «Erzähl.»

«Was?»

«Wie es dir ergangen ist.» Und dann rasch: «Ich weiß, daß du geheiratet hast.»

«Ja. Fast sofort.»

«Das dürfte der Saison in London ein Ende gemacht haben, vor der dir so gegraut hat.»

«Ja.»

«Und dem Debütantinnenball.»

«Statt dessen habe ich Hochzeit gefeiert.»

«Mrs. Anthony Keile. Ich habe die Anzeige in der Zeitung gesehen.» Virginia sagte nichts. «Wo lebst du jetzt?»

«In Schottland. Wir haben ein Haus in Schottland...»

«Und Kinder?»

«Ja, zwei. Einen Jungen und ein Mädchen.»

«Wie alt sind sie?» Er war ehrlich interessiert, und ihr fiel ein, wie gern die Cornwaller Kinder hatten, wie Mrs. Jilkes beim Anblick von niedlichen kleinen Großneffen oder Großnichten jedesmal feuchte Augen bekam.

«Das Mädchen ist acht und der Junge sechs.»

«Hast du sie dabei?»

«Nein, sie sind in London. Bei ihrer Großmutter.»

«Und dein Mann? Ist er hier? Was macht er heute morgen? Golf spielen?»

Sie starrte ihn an, und zum erstenmal akzeptierte sie, daß eine persönliche Tragödie eben dies ist: persönlich. Die eigene Existenz kann zerbrechen, aber das heißt nicht, daß der Rest der Welt es unbedingt weiß oder daß es sie etwas angeht. Es gab keinen Grund, daß Eustace es wußte.

Sie legte die Hände auf die Tischkante, richtete sie aus, als sei ihre Anordnung von größter Wichtigkeit. Sie sagte: «Anthony ist tot.» Ihre Hände schienen mit einemmal unkörperlich, beinahe durchsichtig, die Handgelenke zu dünn, die langen mandelförmigen, korallenrot lackierten Nägel zart wie Blütenblätter. Sie wünschte plötzlich glühend, daß sie nicht so seien, sondern stark, braun und tüchtig, mit tiefen Schmutzrillen, die Fingernägel abgenutzt von Gartenarbeit und Kartoffelschälen und Karottenschaben. Sie spürte Eustace' Blick auf sich. Sie konnte es nicht ertragen, ihm leid zu tun.

Er fragte: «Wie ist das passiert?»

«Er kam bei einem Autounfall ums Leben. Er ist ertrunken.»

«Ertrunken?»

«Wir haben einen Fluß in Kirkton... da wohnen wir in

Schottland. Der Fluß fließt zwischen dem Haus und der Straße, man muß über die Brücke. Und er ist nach Hause gekommen und ins Schleudern geraten, oder er hat die Kurve falsch eingeschätzt, und der Wagen durchbrach das Holzgeländer und stürzte in den Fluß. Es hatte viel geregnet, es war ein nasser Monat gewesen, der Fluß hatte Hochwasser, und der Wagen sank auf den Grund. Ein Taucher mußte hinunter... mit einem Kabel. Und die Polizei hat ihn schließlich herausgewunden...» Ihre Stimme verlor sich.

Er fragte leise: «Wann?»

«Vor drei Monaten.»

«Noch nicht lange her.»

«Nein. Aber es gab so viel zu tun, so viel zu erledigen. Ich weiß nicht, wo die Zeit geblieben ist. Und dann hab ich mir einen Bazillus eingefangen, eine Art Grippe, und wurde sie nicht wieder los, deshalb sagte meine Schwiegermutter, sie würde die Kinder in London zu sich nehmen, und ich bin hierher zu Alice gekommen.»

«Wann reist du wieder ab?»

«Ich weiß nicht.»

Er schwieg. Nach einer Weile nahm er sein Bierglas und trank es aus. Als er es hinstellte, sagte er: «Hast du einen Wagen hier?»

«Ja.» Sie zeigte hin. «Der blaue Triumph.»

«Dann trink aus, wir fahren nach Penfolda.» Virginia starrte ihn an. «Was ist daran so erstaunlich? Es ist Zeit zum Essen. Ich hab Fleischpasteten im Ofen. Möchtest du mitkommen und eine mit mir essen?»

«... Ja.»

«Dann komm. Ich bin mit meinem Landrover da. Du kannst hinter mir herfahren.»

«In Ordnung.»

Er stand auf. «Schön, fahren wir.»

3

Sie war früher einmal in Penfolda gewesen, nur ein einziges Mal, an einem kühlen Frühlingsabend, damals vor zehn Jahren.

«Wir sind auf eine Party eingeladen», hatte Alice an jenem Tag beim Mittagessen verkündet.

Virginias Mutter war sogleich hingerissen. Sie war ungeheuer gesellig, und da sie eine siebzehnjährige Tochter hatte, die in die Gesellschaft eingeführt werden sollte, brauchte man eine Party nur zu erwähnen, um ihrer Aufmerksamkeit sicher zu sein.

«Fabelhaft! Wo? Bei wem?»

Alice lachte sie aus. Alice gehörte zu den wenigen Leuten, die Rowena Parsons auslachen konnten, ohne daß sie böse wurde, aber Alice kannte sie ja auch schon seit vielen Jahren.

«Freu dich nicht zu früh. Es ist nicht ganz dein Fall.»

«Meine liebe Alice, ich weiß nicht, was du meinst. Erklär's mir!»

«Es ist ein Ehepaar namens Barnet, Amos und Fenella Barnet. Du hast vielleicht von ihm gehört. Er ist Bildhauer, sehr modern, sehr avantgardistisch. Sie haben sich in Porthkerris in einem alten Atelier einquartiert, und sie haben einen Haufen unerzogener Kinder.»

Ohne noch weitere Beschreibungen abzuwarten, sagte Virginia: «Wollen wir nicht hingehen?» Es hörte sich genau nach der Art von Leuten an, die sie schon immer kennenlernen wollte.

Mrs. Parsons gestattete sich ein kleines Runzeln zwischen ihren hübsch gezeichneten Augenbrauen. «Findet die Party im Atelier statt?» wollte sie wissen. Offenbar mutmaßte sie scharfe Getränke und Marihuanazigaretten.

«Nein, draußen in Lanyon auf einem Hof namens Penfolda. Es ist ein Grillfest auf den Klippen. Lagerfeuer und Bratwürstchen...» Alice sah, daß Virginia unbedingt hinwollte. «...Ich glaube, es wird sehr lustig.»

«Ich finde, es hört sich gräßlich an», sagte Mrs. Parsons.

«Ich hatte nicht gedacht, daß du mitkommen wolltest. Aber Tom und ich gehen hin. Wir können Virginia mitnehmen.»

Mrs. Parsons richtete ihren kühlen Blick auf ihre Tochter. «Möchtest du auf ein Grillfest gehen?»

Virginia zog die Schultern hoch. «Es könnte lustig werden.» Sie hatte längst gelernt, daß es sich nie auszahlte, sich über irgend etwas zu begeistert zu zeigen.

«Na gut», sagte ihre Mutter, während sie sich Zitronenpudding nahm. «Wenn du dir davon einen amüsanten Abend versprichst und es Alice und Tom nichts ausmacht, dich mitzunehmen... aber zieh dich um Himmels willen warm an. Es ist bestimmt eiskalt. Viel zu kalt für ein Picknick, sollte man meinen.»

Sie hatte recht. Es war kalt. Ein klarer, türkisblauer Abend; der Felsvorsprung von Carn Edvor hob sich schwarz vom Himmel ab, und vom Land her wehte ein kalter, schneidender Wind. Auf der Fahrt hügelan blickte Virginia nach Porthkerris zurück. Weit unten blinkten die Lichter der Stadt, die vom tintenschwarzen Wasser des Hafens zurückgeworfen wurden. Jenseits der Bucht auf der fernen Landspitze schickte der Leuchtturm sein Warnsignal aus. Ein Blitz. Pause. Ein Blitz. Eine längere Pause. Vorsicht, Gefahr.

Virginia versprach sich alles mögliche von dem bevorstehenden Abend. Plötzlich aufgeregt, drehte sie sich um und beugte sich vor, lehnte das Kinn auf die Arme, die sie auf der Rückenlehne von Alice' Sitz verschränkt hatte, eine spontane, unbeholfene Geste, die Reflexion einer natürlichen Hochstimmung, die gewöhnlich unter dem Einfluß der dominanten Mutter unterdrückt wurde.

«Alice, wo ist das, wo wir hinfahren?»

«Penfolda. Es ist ein Bauernhof, kurz vor Lanyon.»

«Wer wohnt da?»

«Mrs. Philips. Eine Witwe. Mit ihrem Sohn Eustace.»

«Was macht er?»

«Den Hof bewirtschaften, Dummchen. Ich hab dir doch gesagt, es ist ein Bauernhof.»

«Sind sie mit den Barnets befreundet?»

«Müssen sie wohl. In dieser Gegend wohnen eine Menge Künstler. Aber ich habe keine Ahnung, wie sie sich kennengelernt haben.»

Tom sagte: «Vermutlich im Mermaid's.»

«Was ist das?»

«The Mermaid's Arms, das Pub in Lanyon. Samstagabends gehen alle mit ihren Frauen dahin, um sich zu treffen und zu trinken.»

«Wer kommt sonst noch zu der Party?»

«Da bin ich genau so schlau wie du.»

«Hast du gar keine Ahnung?»

«Also...» Alice legte los. «Künstler, Schriftsteller, Dichter, Gammler, Aussteiger, Bauern und vielleicht ein paar ziemlich langweilige und konventionelle Leute wie wir.»

Virginia legte ihren Arm um sie. «Ihr seid nicht langweilig oder konventionell. Ihr seid super.»

«Wer weiß, ob du uns noch ganz so super findest, wenn der Abend um ist. Vielleicht findest du alles ganz schrecklich, also beiß die Zähne zusammen und bewahr dir dein Urteil für später auf.»

Voll Vorfreude lehnte Virginia sich zurück ins Dunkel des Wagens. *Ich finde es bestimmt nicht schrecklich.*

Wie Leuchtkäfer strömten Autoscheinwerfer aus allen Richtungen nach Penfolda. Von der Straße aus war das hellerleuchtete Bauernhaus zu sehen. Sie reihten sich in die Schlange der verschiedensten Fahrzeuge ein, die sich holpernd und ächzend über einen schmalen, löchrigen Weg schoben und schließlich in einen Hof eingewiesen wurden, der in einen provisorischen Parkplatz verwandelt worden war. Die Luft war erfüllt von Stimmen und Lachen, als Freunde Freunde begrüßten, und schon bahnte sich ein steter Strom von Menschen einen Weg über einen Mauertritt und die Weiden hinab zu den Klippen. Manche waren in Decken gehüllt, manche trugen altmodische Laternen bei sich, einige – Virginia war heilfroh, daß ihre Mutter nicht mitgekommen war – ein paar klimpernde Flaschen.

Jemand sagte: «Tom! Was machst du denn hier?», und Tom und Alice blieben stehen, um auf ihre Freunde zu warten. Virginia ging weiter, sie genoß das Gefühl, allein zu sein. Die sanfte dunkle Luft ringsum roch nach Torf, Seetang und Holzrauch. Der Himmel war noch nicht dunkel, und die See war von einem so tiefen Blau, daß sie fast schwarz wirkte. Virginia ging durch eine Maueröffnung und sah unter sich am Ende eines Feldes die goldenen Flammen des Feuers, das bereits umringt war von Laternen und den Gestalten und Schatten von etwa dreißig Leuten. Als sie näher kam, wurden Gesichter erkennbar, vom Licht des Feuers erhellt, sie lachten und schwatzten, jeder kannte jeden. Auf einem Holzpodest stand ein Faß Bier, aus dem ständig Gläser randvoll gefüllt wurden, und es roch nach gebratenen Kartoffeln und verbranntem Fett. Einer hatte eine Gitarre mitgebracht und begann zu spielen, und nach und nach scharten sich die Leute um ihn und ließen unsichere Stimmen zu einem Lied erklingen.

There is a ship
And she sails the sea,
She's loaded deep
As deep can be.
But not as deep
As the love I'm in…

Ein junger Mann, der im Laufschritt an Virginia vorbei wollte, stolperte im Dunkeln und rumpelte mit ihr zusammen. «Verzeihung.» Er packte ihren Arm, um zugleich sich und sie zu stützen. Er hielt seine Laterne hoch, so daß das Licht auf ihr Gesicht fiel. «Wer bist du?»

«Virginia.»

«Welche Virginia?»

«Virginia Parsons.»

Mit seinen langen Haaren und dem Band um die Stirn sah er wie ein Apache aus.

«Ein neues Gesicht. Bist du allein hier?»

«N… nein. Ich bin mit Alice und Tom gekommen, aber…» Sie sah sich um. «Ich habe sie verloren… sie müssen irgendwo sein…»

«Ich bin Dominic Barnet.»

«Oh… dann ist das deine Party…»

«Nein, eigentlich die von meinem Vater. Zumindest hat er das Faß Bier gestiftet, und deshalb ist es seine Party, und meine Mutter hat die Würstchen gekauft. Komm, holen wir uns was zu trinken», und er packte ihren Arm noch fester und bugsierte sie in das wuselnde, vom Feuer erhellte Treiben. «He, Dad, hier hat jemand noch nichts zu trinken…»

Eine riesige bärtige Gestalt, die in dem seltsamen Licht mittelalterlich wirkte, richtete sich vom Zapfhahn auf. «Hier hat sie was», sagte er, und unversehens hielt Virginia einen riesigen Krug Bier in der Hand. «Und hier ist was zu essen.» Von einem Tablett fischte der junge Mann ein Würstchen, das an einem Stock aufgespießt war, und reichte es ihr. Virginia nahm es und wollte sich gerade auf ein höfliches Geplauder einlassen, als Dominic im Kreis des Feuerscheins ein bekanntes Gesicht entdeckte, «Mariana!» oder einen ähnlich klingenden Namen rief und verschwand. Virginia war wieder allein.

Sie suchte im Dunkeln nach den Lingards, konnte sie aber nicht finden. Doch weil alle anderen saßen, setzte sie sich auch, mit dem riesigen Bierkrug in der einen Hand und dem Würstchen, das zum Essen noch zu heiß war, in der anderen. Der Feuerschein erhitzte ihr Gesicht, der Wind in ihrem Rükken war kalt und blies ihr die Haare nach vorne. Sie nahm einen Schluck Bier. Sie hatte noch nie Bier getrunken und mußte sofort niesen. Sie nieste heftig, und hinter ihr sagte jemand: «Gesundheit.»

Virginia erholte sich von der Nieserei, sagte: «Danke» und blickte auf, um zu sehen, wer ihr Gesundheit gewünscht hatte. Es war ein großer junger Mann in Cordhose und Gummistiefeln und einem dicken Norwegerpullover. Er grinste auf sie herunter; der Feuerschein verlieh seinem braunen Gesicht die Farbe von Kupfer.

Sie sagte: «Das Bier war schuld, daß ich niesen mußte.»

Er hockte sich neben sie, nahm ihr vorsichtig den Krug aus der Hand und stellte ihn zwischen sie beide auf die Erde. «Vielleicht mußt du noch mal niesen und würdest es verschütten. Wär schade drum.»

«Ja.»

«Du mußt mit den Barnets befreundet sein.»

«Warum sagst du das?»

«Ich habe dich noch nie gesehen.»

«Bin ich aber nicht. Ich bin mit den Lingards hier.»

«Alice und Tom? Sind sie hier?»

«Ja, irgendwo.»

Er klang so erfreut über die Anwesenheit der Lingards, daß Virginia erwartete, er würde sie auf der Stelle suchen gehen; statt dessen machte er es sich im Gras neben ihr bequem und schien ganz zufrieden zu sein, zu schweigen und amüsiert die anderen Leute zu beobachten. Virginia aß ihr Würstchen, und als sie fertig war und er immer noch nichts gesagt hatte, beschloß sie, es noch einmal zu versuchen.

«Bist du mit den Barnets befreundet?»

«Hm...» In seinen Betrachtungen unterbrochen, sah er sie mit klaren blauen Augen an, ohne zu blinzeln. «Wie bitte?»

«Ich wollte nur wissen, ob du mit den Barnets befreundet bist, weiter nichts.»

Er lachte. «Das will ich meinen. Es sind meine Felder, die sie entweihen.»

«Dann mußt du Eustace Philips sein.»

Er überlegte. «Ja», sagte er schließlich, «das muß ich wohl.»

Bald danach wurde er weggerufen... Einige von seinen Kühen waren von einem angrenzenden Feld herübergewandert, und ein dümmliches Mädchen, das zuviel getrunken hatte, glaubte sich von einem Stier angegriffen und hatte einen hysterischen Anfall bekommen. Eustace ging nach dem Rechten sehen, und Virginia wurde kurz darauf von Alice und Tom in Beschlag genommen, und obwohl sie den ganzen restlichen Abend nach ihm Ausschau hielt, sah sie Eustace Philips nicht wieder.

Die ausgelassene Party jedoch war ein denkwürdiger Erfolg. Als das Bier um Mitternacht zu Ende war und Flaschen kreisten, als alles aufgegessen war und Treibholz auf das Feuer gehäuft wurde, bis die Flammen fünf Meter hoch oder noch höher schossen, meinte Alice vorsichtig, daß es vielleicht eine gute Idee sei, nach Hause zu fahren.

«Deine Mutter ist bestimmt noch auf und denkt, du bist entweder vergewaltigt worden oder ins Meer gefallen. Und Tom muß morgen früh um neun im Büro sein, außerdem wird es jetzt wirklich bitterkalt. Was meinst du? Hast du genug? Hast du dich amüsiert?»

«Ja, sehr», sagte Virginia. Es fiel ihr schwer, sich loszureisen.

Doch es war Zeit. Sie schlenderten schweigend fort vom Feuer und von dem Lärm, die abfallenden Felder hinunter zum Bauernhaus.

Jetzt war nur noch ein einziges Fenster zu ebener Erde erleuchtet, aber der Vollmond, eine große weiße Scheibe, schwebte hoch am Himmel und füllte die Nacht mit silbrigem Licht. Als sie über die Mauer in den Hof kamen, ging im Haus eine Tür auf, gelbes Licht strömte nach draußen auf das Kopfsteinpflaster, und eine Stimme rief durch die Nacht: «Tom! Alice! Kommt herein, trinkt eine Tasse Tee oder Kaffee – irgendwas zum Aufwärmen, bevor ihr nach Hause fahrt.»

«Hallo, Eustace.» Tom ging auf das Haus zu. «Wir dachten, du bist schlafen gegangen.»

«Ich bleib nicht bis zum Morgengrauen auf den Klippen, das kann ich euch sagen. Wollt ihr was trinken?»

«Ich hätte gern einen Whisky», sagte Tom.

«Und ich einen Tee», sagte Alice. «Prima Idee! Wir sind durchgefroren. Macht es auch nicht zuviel Umstände?»

«Mutter ist noch auf, sie möchte euch gern sehen. Sie hat Wasser aufgesetzt...»

Sie gingen alle ins Haus, in eine getäfelte Diele mit niedriger Decke und einem Fußboden aus Schieferplatten und mit bunten Teppichen. Unter den Deckenbalken mußte Eustace Philips fast den Kopf einziehen...

Alice knöpfte ihren Mantel auf. «Eustace, kennst du Virginia schon? Sie wohnt bei uns.»

«Ja, sicher», aber er beachtete sie kaum. «Kommt in die Küche, da ist es am wärmsten. Mutter, die Lingards sind da. Alice möchte einen Tee. Und Tom möchte einen Whisky, und...» Er sah Virginia an. «Was möchtest du?»

«Tee, bitte.»

Alice und Mrs. Philips machten sich gleich in der Küche zu schaffen, Mrs. Philips mit Teekanne und Wasserkessel, Alice mit Tassen und Untertassen, die sie von der bemalten Anrichte nahm. Dabei plauderten sie über die Party der Barnets und lachten über das Mädchen, das die Kuh für einen Stier gehalten hatte. Die zwei Männer setzten sich mit Gläsern, einem Siphon und einer Flasche Scotch an den gescheuerten Küchentisch.

Virginia setzte sich auch, sie quetschte sich auf den Fenstersitz am Kopfende des Tisches und lauschte, ohne richtig hinzuhören, auf das angenehme Stimmengemurmel. Sie war sehr müde, benommen von der Wärme und Behaglichkeit der Küche nach der bitteren Kälte draußen, und leicht benebelt von dem ungewohnten Bier.

In die Falten ihres Mantels versunken, die Hände tief in den Taschen, sah sie sich um und fand, daß sie nie in einem so einladenden, behaglichen Raum gewesen war. Die Decke hatte Balken mit alten Eisenhaken zum Schinkenräuchern, und die tiefen Fensterbänke waren voll blühender Geranien. Auf einem riesigen Herd summte der Kessel, auf einem Korbstuhl hatte sich eine Katze zusammengerollt; an der Wand entdeckte sie einen Landwirtschaftskalender; die Vorhänge waren aus karierter Baumwolle, und es roch warm nach frischgebackenem Brot.

Mrs. Philips war so klein wie ihr Sohn groß war, grauhaarig, sehr adrett. Sie sah aus, als hätte sie seit dem Tag ihrer Geburt nie aufgehört zu arbeiten und wolle es auch gar nicht anders haben, und als sie und Alice geschickt und flink in der

Küche hantierten und leise über die unkonventionellen Barnets plauderten, beobachtete Virginia sie und wünschte, sie könnte genau so eine Mutter haben. Ruhig und gutgelaunt mit einer großen gemütlichen Küche, und immer einen Kessel mit kochendem Wasser bereit für eine Tasse Tee.

Als der Tee fertig war, setzten sich die Frauen zu den anderen an den Tisch. Mrs. Philips schenkte für Virginia eine Tasse ein und reichte sie ihr, und Virginia setzte sich aufrecht, zog die Hände aus den Taschen, nahm die Tasse und vergaß auch nicht, danke zu sagen.

Mrs. Philips lachte. «Du bist müde», sagte sie.

«Ja», sagte Virginia. Alle sahen sie an, aber sie rührte ihren Tee um und mochte nicht aufsehen, weil sie diesem blauen, verwirrenden Blick nicht begegnen wollte.

Aber schließlich war es Zeit zu gehen. Wieder in ihren Mänteln, standen sie gedrängt in der kleinen Diele. Die Lingards und Mrs. Philips waren schon an der offenen Haustür, als Eustace hinter Virginia sprach.

«Auf Wiedersehen», sagte er.

«Oh.» Sie drehte sich verwirrt um. «Auf Wiedersehen.» Sie streckte ihre Hand aus, aber vielleicht sah er sie nicht, denn er nahm sie nicht. «Danke, daß ich kommen durfte.»

Er machte ein amüsiertes Gesicht. «Es war mir ein Vergnügen. Du mußt ein andermal wiederkommen.»

Und auf dem ganzen Heimweg hütete sie diese Worte wie ein wunderbares Geschenk von ihm. Doch sie kam nie nach Penfolda zurück.

Bis heute, zehn Jahre später, an einem ausnehmend schönen Julinachmittag. Die Gräben am Straßenrand strotzten von Kuckucksblumen und leuchtendgelbem Huflattich, der Stechginster war flammend rot, und das Farnkraut auf den Klippen hob sich smaragdgrün von der hyazinthenfarbenen Sommersee ab.

Virginia war so in ihre heutigen Besorgungen vertieft gewesen, Schlüssel holen, das Cottage in Bosithik suchen, praktische Fragen wie Kochherde, Kühlschränke, Bettwäsche und Geschirr bedenken, daß der ganze herrliche Vormittag nahezu unbemerkt vergangen war. Doch jetzt war er Teil von etwas, das vor langer Zeit geschehen war und woran Virginia sich nun erinnerte: Wie das Leuchtfeuer über die dunkle See blitzte und wie sie ohne ersichtlichen Grund plötzlich von einer wunderbaren Vorfreude erwärmt gewesen war.

Aber du bist nicht mehr siebzehn. Du bist eine Frau von siebenundzwanzig, unabhängig, mit zwei Kindern, einem Auto und einem Haus in Schottland. Das Leben hält keine derartigen Überraschungen mehr bereit. Alles ist anders. Nichts bleibt immer gleich.

An der höchsten Stelle des Feldweges, der nach Penfolda führte, war ein Holzgestell für die Milchkannen. Der Weg wand sich steil zwischen hohen Mauern. Von Winterwinden deformierte Weißdornsträucher lehnten daran, und als Virginia dem Heck von Eustace' Landrover um die Hausecke folgte, erschienen zwei schwarzweiße Collies, die mit ihrem Gebell einen solchen Radau veranstalteten, daß die braunen Leghornhühner zu gackern anfingen und schleunigst einen Unterschlupf suchten.

Eustace hatte seinen Landrover im Schatten der Scheune geparkt und war schon ausgestiegen. Sachte schob er die Hunde mit dem Fuß aus dem Weg. Virginia stellte ihren Wagen hinter seinem ab und stieg aus. Sogleich rasten die Collies zu ihr hin; bellend und tollend versuchten sie, die Vorderpfoten auf ihre Knie zu legen, und sie reckten sich, um ihr das Gesicht zu lecken.

«Runter... runter mit euch, ihr Teufel!»

«Es macht mir nichts...» Sie streichelte ihre schmalen Köpfe, ihr dickes Fell. «Wie heißen sie?»

«Beaker und Ben. Das ist Beaker, und das ist Ben... Schluß jetzt, Burschen! Das machen sie immer...»

Er gab sich rauh und herzlich, als sei er während der kurzen Fahrt zu dem Schluß gekommen, daß dies das richtige Verhalten sei, wenn der Rest des Tages nicht zu einer Art Totengedenken für Anthony Keile werden sollte. Und Virginia ging dankbar darauf ein. Die lärmende Begrüßung der Hunde half das Eis brechen, und so gingen sie ganz natürlich und zwanglos auf dem kopfsteingepflasterten Weg ins Haus.

Sie sah die Balken, den Steinfußboden, die Teppiche. Unverändert.

«Ich kann mich an alles erinnern.»

Der Duft nach heißer Pastete ließ einem das Wasser im Mund zusammenlaufen. Eustace ging vor Virginia durch die Küchentür ins Haus und zum Herd hinüber, schnappte im Vorbeigehen einen Topflappen von einem Handtuchhalter, hockte sich vor den Backofen und machte die Klappe auf.

«Sie sind nicht verbrannt, nein?» fragte sie besorgt. Wohlduftender Rauch entwich dem Ofen.

«Nein, genau richtig.»

Er schloß die Ofentür und stand auf.

Sie sagte: «Hast du die gemacht?»

«Ich? Du machst Witze.»

«Wer denn?»

«Mrs. Thomas, meine Haushälterin... möchtest du was trinken?» Er ging an den Kühlschrank und nahm eine Dose Bier aus der Innenseite der Tür.

«Nein danke.»

Er lächelte. «Cola hab ich nicht da.»

«Ich möchte nichts trinken.»

Während sie redeten, sah Virginia sich um, ängstlich, daß etwas in diesem herrlichen Raum verändert sein, daß Eustace die Möbel umgestellt, die Wände gestrichen haben könnte.

Aber alles war genau, wie sie es in Erinnerung hatte. Der in die Fensternische gezogene gescheuerte Tisch, die Geranien auf den Fensterbänken, die Anrichte mit buntem Geschirr. Nach all den Jahren bildete der Raum nach wie vor den Inbegriff dessen, was eine Küche sein sollte: der Mittelpunkt des Hauses.

Als sie Kirkton übernommen hatten und es vom Keller bis zum Speicher renovierten, hatte sie genau so eine Küche haben wollen wie die in Penfolda. Einen behaglichen, warmen Raum, wo die Familie sich um den gescheuerten Tisch versammelte, um Tee zu trinken und zu schwatzen.

«Wer will sich schon in einer Küche aufhalten?» hatte Anthony ohne jedes Verständnis gefragt.

«Alle. Eine Bauernküche ist wie ein Wohnzimmer.»

«Ich werde bestimmt nicht in der Küche wohnen, das kann ich dir sagen.»

Und er bestellte Einbauten aus rostfreiem Stahl und Arbeitsflächen aus leuchtendem Kunststoff und einen schwarzweißen Fußboden in Schachbrettmuster, auf dem jeder Abdruck zu sehen und der höllisch schwer sauberzuhalten war.

Jetzt lehnte sich Virginia an den Tisch und sagte mit tiefer Befriedigung: «Ich hatte Angst, es hätte sich verändert, aber es ist alles noch genauso.»

«Warum sollte es sich verändert haben?»

«Ohne Grund. Ich hatte es nur befürchtet. Vieles ändert sich. Eustace, Alice hat mir erzählt, daß deine Mutter gestorben ist... das tut mir leid.»

«Ja, vor zwei Jahren. Sie ist gestürzt. Bekam dann Lungenentzündung.» Er warf die leere Dose in den Abfalleimer und drehte sich Virginia zu, um sie anzusehen. «Und deine Mutter?»

Seine Stimme war ausdruckslos; Virginia konnte keinen sarkastischen oder mißbilligenden Unterton darin entdecken.

«Sie ist gestorben, Eustace. Sie wurde ein paar Jahre, nachdem Anthony und ich geheiratet hatten, sehr krank. Es war schrecklich, weil sie so lange krank war. Und es war schwierig, weil sie in London war und ich in Kirkton … ich konnte nicht die ganze Zeit bei ihr sein.»

«Ich nehme an, du warst die einzige Angehörige, die sie hatte?»

«Ja. Das machte es ja so schwierig. Ich habe sie besucht, so oft ich konnte, aber am Ende mußten wir sie nach Schottland holen, und schließlich kam sie in Relkirk in ein Pflegeheim, und dort ist sie gestorben.»

«Das muß schlimm gewesen sein.»

«Ja. Und sie war noch so jung. Es ist seltsam, wenn die Mutter stirbt. Erst dann wird man wirklich erwachsen.» Sie berichtigte: «Ich nehme zumindest an, daß manche Leute es so empfinden. Du warst lange vorher erwachsen.»

«Das weiß ich nicht», sagte Eustace, «aber ich weiß, was du meinst.»

«Nun, es ist Jahre her. Laß uns nicht über unerfreuliche Dinge reden. Erzähl mir von dir und Mrs. Thomas. Weißt du, was Alice Lingard gesagt hat? Du hättest entweder eine zum Heimchen gezähmte Geliebte oder eine verführerische Haushälterin. Ich kann es nicht erwarten, sie kennenzulernen.»

«Du wirst aber warten müssen. Sie ist in Penzance, ihre Schwester besuchen.»

«Wohnt sie in Penfolda?»

«Sie hat das Cottage hinter dem Haus. Früher waren das mal drei Cottages, bevor mein Großvater den Hof gekauft hat. Drei Familien haben hier gewohnt und ein paar Morgen beackert. Vermutlich hatten sie ein halbes Dutzend Milchkühe und haben ihre Söhne in die Zinngrube geschickt, um sich über Wasser zu halten.»

«Vorgestern», sagte Virginia, «bin ich nach Lanyon gefahren und habe auf dem Hügel gesessen, und draußen waren Mähdrescher und Männer beim Heumachen. Ich dachte, einer von ihnen könntest du gewesen sein.»

«Könnte sein.»

Sie sagte: «Ich dachte, du wärst verheiratet.»

«Bin ich nicht.»

«Ich weiß. Alice Lingard hat es mir gesagt.»

Eustace nahm Messer und Gabeln aus einer Schublade und begann den Tisch zu decken, aber Virginia hielt ihn zurück. «Es ist zu schön, um drinnen zu sitzen. Können wir die Pastete nicht im Garten essen?»

Eustace machte ein erstauntes Gesicht, sagte aber: «In Ordnung», gab ihr einen Korb für Besteck und Teller, Salz und Pfeffer und Gläser, nahm die glühendheißen Pasteten vorsichtig aus dem Ofen und legte sie auf eine große geblümte Porzellanplatte. Dann gingen sie hinaus in die Sonne, in den verwilderten kleinen Bauerngarten. Das Gras mußte gemäht werden, die Blumenbeete prunkten mit fröhlichen Blümchen, und auf einer Wäscheleine flatterten strahlendweiße Laken und Kissenbezüge.

Eustace hatte keine Gartenmöbel; sie setzten sich ins hohe Gras, wo Margeriten und Wegerich wuchsen, und breiteten ihr Picknickgeschirr um sich aus.

Die Pasteten waren umwerfend, und in derselben Zeit, in der Virginia ihre erst halb gegessen hatte und mit dem Rest kämpfte, hatte Eustace, auf einen Ellbogen gestützt, seine ganz und gar vertilgt.

Sie sagte: «Ich kann nicht mehr» und gab ihm den Rest von ihrer, den er gelassen verdrückte. Er sagte, den Mund voll Pastete und Kartoffeln: «Wenn ich nicht so hungrig wäre, würde ich dich zwingen aufzuessen, damit du ein bißchen dicker wirst.»

«Ich möchte nicht dick sein.»

«Aber du bist viel zu dünn. Du warst ja immer sehr zierlich, aber jetzt siehst du aus, als könnte dich ein Windhauch umwehen. Und du hast die Haare abgeschnitten. Früher waren sie lang, bis auf den Rücken, und flogen im Wind.» Er umschloß ihr Handgelenk mit Daumen und Zeigefinger. «An dir ist nichts dran.»

«Das kommt vielleicht von der Grippe.»

«Ich dachte, du müßtest ungeheuer auseinandergegangen sein, nachdem du jahrelang Porridge und Heringe und Haggis gegessen hast.»

«Du meinst, das essen die Leute in Schottland?»

«So wurde es mir erzählt.» Er ließ ihre Hand los und aß ruhig die Pastete auf, dann stellte er das Geschirr zusammen und trug alles im Korb ins Haus. Virginia machte Anstalten zu helfen, doch er sagte, sie solle bleiben, wo sie sei, und sie legte sich ins Gras und sah auf das graue Scheunendach, auf die Möwen, die dort hockten, und auf die flüchtigen Gebilde aus kleinen, weißen Schönwetterwolken, die von der See her über den unglaublich blauen Himmel gejagt wurden.

Eustace kam mit Zigaretten, grünen Äpfeln und einer Thermoskanne Tee zurück. Virginia blieb liegen, er warf ihr einen Apfel zu, setzte sich wieder neben sie und schraubte den Deckel der Thermoskanne auf.

«Erzähl mir von Schottland.»

Virginia drehte den kühlen, glatten Apfel zwischen ihren Händen. «Was soll ich dir erzählen?»

«Was hat dein Mann gemacht?»

«Wie meinst du das?»

«Hatte er keinen Job?»

«Keinen richtigen. Kein Achtstundentag. Er hatte das Gut geerbt...»

«Kirkton?»

«Ja, Kirkton... von einem Onkel. Ein riesengroßes Haus

und etwa tausend Morgen Land, und nachdem wir das Haus in Ordnung gebracht hatten, beanspruchte das Gut seine meiste Zeit. Er hat Bäume gepflanzt und betrieb Landwirtschaft auf ziemlich herrschaftliche Art... ich meine, er hatte einen Verwalter, der im Bauernhaus wohnte, Mr. McGregor. Eigentlich hat er die meiste Arbeit getan, aber Anthony war dauernd beschäftigt. Das heißt», schloß sie matt, «er war in der Lage, seine Tage auszufüllen.»

Während der Saison an fünf Tagen in der Woche schießen, angeln und Golf spielen. Nach Norden fahren zur Pirschjagd, jeden Winter für ein paar Monate nach St. Moritz. Es war sinnlos, einem Mann wie Eustace Philips von einem Mann wie Anthony Keile zu erzählen. Sie gehörten verschiedenen Welten an.

«Und was ist jetzt mit Kirkton?»

«Wie gesagt, der Verwalter kümmert sich darum.»

«Und das Haus?»

«Es steht leer. Das heißt, die Möbel sind alle da, aber es wohnt niemand drin.»

«Wirst du in das leere Haus zurückkehren?»

«Ich denke ja. Irgendwann.»

«Und die Kinder?»

«Sie sind bei Anthonys Mutter in London.»

«Warum sind sie nicht bei dir?» fragte Eustace. Es hörte sich nicht kritisch an, nur neugierig, als wollte er es einfach wissen.

«Es schien mir einfach eine gute Idee, allein herzukommen. Alice Lingard hatte mir geschrieben und mich eingeladen, und so bin ich gekommen.»

«Warum hast du die Kinder nicht mitgebracht?»

«Ach, ich weiß nicht...» Sogar ihr selbst kam ihre Stimme gewollt beiläufig vor, nicht überzeugend. «Alice hat keine Kinder, und ihr Haus ist nicht für Kinder eingerichtet... ich meine, alles ist so kostbar und zerbrechlich. Du weißt, wie das ist.»

«Ehrlich gesagt, ich weiß es nicht, aber sprich weiter.»

«Außerdem hat Lady Keile sie gerne bei sich...»

«Lady Keile?»

«Anthonys Mutter. Und Nanny ist gerne in London, weil sie früher bei Lady Keile gearbeitet hat. Sie war schon Anthonys Kindermädchen.»

«Ich dachte, die Kinder sind schon recht groß?»

«Cara ist acht und Nicholas sechs.»

«Aber warum brauchen sie ein Kindermädchen? Warum kannst du dich nicht um sie kümmern?»

Virginia hatte sich diese Frage im Laufe der Zeit unzählige Male gestellt und keine Antwort darauf gefunden, und nun für Eustace aus heiterem Himmel eine Antwort formulieren zu müssen, rief einen unsinnigen Widerwillen in ihr hervor.

«Wie meinst du das?»

«Genau wie ich's sage.»

«Ich kümmere mich ja um sie. Ich meine, ich bin oft mit ihnen zusammen...»

«Wenn sie erst kürzlich ihren Vater verloren haben, ist ihre Mutter bestimmt der einzige Mensch, den sie jetzt brauchen, nicht eine Großmutter und ein altes ererbtes Kindermädchen. Sie werden denken, alle hätten sie im Stich gelassen.»

«Sie werden nichts dergleichen denken.»

«Wenn du so sicher bist, warum regst du dich dann so auf?»

«Weil ich es nicht mag, daß du dich einmischst und deine Meinung über etwas zum besten gibst, wovon du nichts weißt.»

«Ich weiß einiges von dir.»

«Was weißt du?»

«Ich weiß, daß du dich schon immer gerne herumschubsen ließest.»

«Und wer schubst mich herum?»

«Das weiß ich nicht so genau.» Sie stellte mit Erstaunen fest, daß er eiskalt und genauso wütend wurde wie sie. «Aber grob geschätzt würde ich sagen, deine Schwiegermutter. Vielleicht hat sie, als deine Mutter abtrat, ihre Stelle übernommen?»

«Wag es nicht, so von meiner Mutter zu sprechen.»

«Aber es ist wahr, oder?»

«Nein.»

«Dann hol deine Kinder hierher. Es ist unmenschlich, sie in den Sommerferien in London zu lassen, bei diesem Wetter, wenn sie an der See und auf den Feldern herumtollen sollten. Los, raff dich auf, ruf deine Schwiegermutter an und sag ihr, sie soll sie in den Zug setzen. Und wenn Alice Lingard sie im Haus Wheal nicht haben will, weil sie Angst hat, daß ihr Nippes kaputtgeht, dann bring sie in einem Gasthaus unter oder miete ein Cottage...»

«Genau das habe ich vor, das muß ich mir nicht erst von dir sagen lassen.»

«Dann machst du dich am besten gleich auf die Suche.»

«Hab ich schon getan.»

Er verstummte vorübergehend, und sie dachte: Das hat ihm den Wind aus den Segeln genommen.

Aber nur vorübergehend. «Hast du etwas gefunden?»

«Ich habe mir heute morgen ein Haus angesehen, aber es war unmöglich.»

«Wo?»

«Hier, in Lanyon.» Er wartete. «Es heißt Bosithick», fügte sie unwillig hinzu.

«Bosithick!» Er schien begeistert. «Aber das ist ein wundervolles Haus.»

«Es ist ein schreckliches Haus.»

«Schrecklich?» Er traute seinen Ohren nicht. «Du meinst

das Cottage auf dem Hügel, wo Aubrey Crane gewohnt hat? Das die Kernows von einer alten Tante geerbt haben?»

«Genau, und es ist unheimlich und völlig unmöglich.»

«Was heißt unheimlich? Spukt's da drin?»

«Ich weiß nicht. Eben unheimlich.»

«Wenn der Geist von Aubrey Crane dort herumspukt, könnte es ganz amüsant für dich werden. Meine Mutter hat ihn gekannt, sie sagte, er war ein lieber Mensch. Und er hatte Kinder sehr gern», fügte er hinzu, was Virginia als klassisches Beispiel für einen Trugschluß erschien.

«Ist mir egal, was er für ein Mensch war, ich nehme das Haus nicht.»

«Warum nicht?»

«Darum.»

«Nenn mir drei gute Gründe...»

Virginia war mit ihrer Geduld am Ende. «Ach, um Himmels willen...» Sie wollte aufstehen, doch ehe sie ganz auf den Beinen war, packte Eustace mit für einen so großen Mann unerwarteter Geschwindigkeit ihr Handgelenk und zog sie wieder ins Gras. Sie sah ihm wütend in die Augen. Sie waren kalt wie blaue Steine.

«Drei gute Gründe», wiederholte er.

Sie sah auf seine Hand an ihrem Arm hinunter. Er machte keine Anstalten loszulassen. Sie sagte: «Es hat keinen Kühlschrank.»

«Ich leih dir einen Fliegenschrank. Grund Nummer zwei?»

«Hab ich dir schon gesagt. Es hat eine gespenstische Atmosphäre. Die Kinder haben nie in so einem Haus gelebt. Sie würden sich ängstigen.»

«Nur wenn sie so ein Spatzenhirn haben wie ihre Mutter. Jetzt Nummer drei.»

Verzweifelt suchte sie nach einem guten, unumstößlichen

Grund, der Eustace von ihrem namenlosen Horror vor dem merkwüdigen kleinen Haus auf dem Hügel überzeugen würde. Aber alles was sie vorbrachte, war eine Reihe kleinmütiger Ausreden, jede lahmer als die vorherige. «Es ist zu klein, und es ist schmutzig, und wo soll ich die Kindersachen waschen, und ich weiß nicht mal, ob es ein Bügeleisen gibt oder einen Rasenmäher. Und es hat keinen Garten, bloß eine winzige Wiese zum Wäscheaufhängen, und die Möbel drinnen sind so deprimierend und ...»

Er unterbrach sie. «Das sind keine Gründe, Virginia, das weißt du. Es sind bloß lauter faule Ausreden.»

«Faule Ausreden wofür?»

«Damit es keine Auseinandersetzung mit deiner Schwiegermutter oder der alten Nanny oder beiden gibt. Damit du keinen Aufstand machen und dich durchsetzen mußt, um deine eigenen Kinder so aufzuziehen, wie du es willst.»

Wut auf ihn sammelte sich in ihrer Kehle, ein Klumpen, der sie sprachlos machte. Sie fühlte das Blut in ihre Wangen schießen, sie fing an zu zittern, doch obwohl er dies alles gesehen haben mußte, fuhr er ruhig fort, all die schrecklichen Dinge auszusprechen, die eine Stimme in ihrem Hinterkopf ihr seit Jahren sagte; nur hatte sie nie die Courage besessen, auf sie zu achten.

«Ich glaube, du scherst dich nicht die Bohne um deine Kinder. Du willst dich nicht mit ihnen abgeben. Immer hat jemand anders die Wäsche gewaschen und gebügelt, und du willst jetzt nicht damit anfangen. Du bist viel zu träge, um mit ihnen Picknicks zu veranstalten und ihnen vorzulesen und sie ins Bett zu bringen. Es hat überhaupt nichts mit Bosithick zu tun. Egal, welches Haus du fändest, du würdest immer etwas auszusetzen haben. Jede Ausrede wäre dir recht, solange du dir nur nicht eingestehen mußt, daß es dir einfach zuviel Mühe macht, dich selbst um deine Kinder zu kümmern.»

Noch bevor er den Satz beendet hatte, war sie aufgesprungen und hatte ihm ihren Arm entrissen.

«Das ist nicht wahr! Nichts davon ist wahr! Ich will sie bei mir haben! Ich habe sie hierhaben wollen, seit ich hierhergekommen bin!»

«Dann hol sie her, du kleiner Dummkopf...» Er war ebenfalls aufgestanden, und sie schrien sich aus unmittelbarer Nähe an, als müßten sie eine ganze Wüste mit ihrer Stimme überwinden.

«Das tu ich ja: Genau das habe ich vor.»

«Das glaub ich erst, wenn's passiert ist.»

Sie machte kehrt und floh und war in ihrem Wagen, ehe ihr einfiel, daß ihre Handtasche noch auf dem Küchentisch lag. Tränenüberströmt rannte sie aus dem Auto und ins Haus, bevor Eustace sie einholte. Dann zurück zum Wagen, wütend gewendet, was in dem engen Hof gefährlich war, dann mit heulendem Motor den Feldweg entlang, so daß loser Kies von den Hinterrädern aufsprang.

«Virginia!»

Durch ihre Tränen sah sie ihn im Rückspiegel weit hinter ihr stehen. Sie drückte den Fuß aufs Gaspedal und bog in die Hauptstraße ein, ohne abzuwarten, ob etwas käme. Zum Glück kam nichts, und sie fuhr den ganzen Weg nach Porthkerris, in die Stadt hinein und auf der anderen Seite hinaus, ohne im Tempo nachzugeben, bis sie den Wagen vor der Anwaltskanzlei im Parkverbot stehenließ und hineinrannte.

Diesmal läutete sie nicht, sie wartete auch nicht auf Miss Leddra, sondern stürmte durch das Vorzimmer und riß die Tür zu Mr. Williams' Büro auf. Mr. Williams wurde im Gespräch mit einer autokratischen alten Dame aus Truro unterbrochen, die zum siebtenmal ihr Testament änderte.

Sowohl Mr. Williams als auch die alte Dame verstummten vor Erstaunen und starrten Virginia mit offenen Mündern an.

Mr. Williams, der sich als erster faßte, erhob sich mühsam. «Mrs. Keile!» Doch bevor er ein weiteres Wort sagen konnte, hatte Virginia die Schüssel von Bosithik auf seinen Schreibtisch geworfen und gesagt: «Ich nehme es. Ich nehme es auf der Stelle. Und sobald meine Kinder hier sind, ziehe ich ein!»

4

Entschuldige, Virginia», sagte Alice, «aber ich glaube, du machst einen schrecklichen Fehler. Mehr noch, es ist der klassische Fehler vieler Menschen, wenn sie plötzlich allein auf der Welt sind. Du handelst impulsiv, du hast dir das alles nicht richtig überlegt...»

«O doch, ich habe es mir ganz genau überlegt.»

«Aber die Kinder haben es gut bei Nanny und deiner Schwiegermutter, das weißt du. Sie führen dort einfach ihr Leben fort, wie sie es in Kirkton gewohnt waren, und das hilft ihnen, sich geborgen zu fühlen. Ihr Vater ist tot, und nichts wird für sie jemals wieder sein wie vorher. Aber wenn Veränderungen sein müssen, laß sie wenigstens langsam geschehen, nach und nach, laß Cara und Nicholas Zeit, sich daran zu gewöhnen.»

«Es sind meine Kinder.»

«Aber du hast dich nie um sie gekümmert. Du hast sie nie für dich allein gehabt, außer die paar Male, als Nanny sich zu einem Urlaub überreden ließ. Sie werden eine Strapaze für dich sein, und ehrlich gesagt, Virginia, ich glaube nicht, daß du dem im Augenblick körperlich gewachsen bist. Schließlich bist du hierhergekommen, um dich von einer abscheulichen Grippe zu erholen und ganz allgemein ein bißchen Ruhe und Frieden zu haben, Zeit zu finden, über das Schreckliche hinwegzukommen. Das darfst du dir nicht zerstören. Du brauchst alle deine Kräfte, wenn du demnächst nach Kirkton zurückgehst und lernen mußt, ohne Anthony zu leben.»

«Ich geh nicht nach Kirkton. Ich geh nach Bosithick. Ich habe schon die Miete für die erste Woche bezahlt.»

Alice verlor die Geduld, und ihr Gesichtsausdruck wurde zornig.

«Aber das ist lächerlich! Schau, wenn du deine Kinder unbedingt hierhaben willst, dann hol sie meinetwegen, sie können hier wohnen, aber laß Nanny um Himmels willen mitkommen.»

Gestern noch hätte diese Idee verlockend sein können. Doch heute zog Virginia sie nicht mal in Erwägung.

«Ich bin fest entschlossen.»

«Aber warum hast du mir nichts gesagt? Warum hast du es nicht mit mir besprochen?»

«Ich weiß nicht. Ich mußte es einfach allein entscheiden.»

«Und wo ist Bosithick?»

«An der Straße nach Lanyon... man kann es von der Straße aus nicht sehen, aber es hat einen Turm...»

«Das Haus, wo Aubrey Crane gewohnt hat? Aber Virginia, das ist schauderhaft. Nichts als Heide, Wind und Klippen. Da bist du vollkommen im Abseits!»

Virginia versuchte, einen Scherz daraus zu machen. «Du mußt mich besuchen kommen. Um dich zu überzeugen, daß die Kinder und ich uns nicht langsam gegenseitig zum Wahnsinn treiben.»

Doch Alice lachte nicht, und als Virginia ihre gerunzelte Stirn und den mißbilligenden Zug um ihren Mund sah, mußte sie zu ihrer Verwunderung plötzlich an ihre Mutter denken. Es war, als sei Alice nicht mehr Virginias ältere Freundin, sondern als sei sie eine Generation zurückgeschwenkt und sage der jungen Virginia aus dieser erhabenen Höhe, daß sie ein Dummkopf sei. Aber vielleicht war das gar nicht so erstaunlich. Alice hatte Rowena Parsons lange vor Virginias Geburt gekannt, und da sie selbst keine Kinder hatte, mit denen sie fertig werden mußte, hatten ihr Verhalten und ihre Ansichten sich nicht verändert.

Schließlich sagte sie: «Ich will mich ja nicht einmischen, aber ich kenne dich seit deiner Geburt und kann nicht untätig zusehen, wie du so etwas Verrücktes tust.»

«Was ist daran verrückt, daß man im Urlaub seine Kinder bei sich haben will?»

«Du weißt, daß es nicht nur das ist, Virginia. Wenn du sie Lady Keile und Nanny ohne ihr Einverständnis wegnimmst, und ich bezweifle sehr, daß du es bekommen wirst, dann gibt es einen Mordskrach.»

Beim Gedanken daran wurde Virginia übel. «Ja, ich weiß.»

«Nanny wird es vermutlich sehr übelnehmen und kündigen.»

«Ich weiß.»

«Deine Schwiegermutter wird alles tun, um dich zu bremsen.»

«Das weiß ich auch.»

Alice starrte sie an, als habe sie eine Fremde vor sich. Dann zuckte sie unvermittelt die Achseln und lachte resigniert. «Ich verstehe dich nicht. Was hat dich zu diesem plötzlichen Entschluß bewogen?»

Virginia hatte ihre Begegnung mit Eustace Philips nicht erwähnt und gedachte auch nicht, es zu tun.

«Nichts. Nichts Besonderes.»

«Das muß die Seeluft sein», meinte Alice. «Seltsam, wie sie sich auf die Menschen auswirkt.» Sie hob eine Zeitung auf, die auf den Boden gefallen war, und legte sie sehr sorgfältig zusammen. «Wann fährst du nach London?»

«Morgen.»

«Und Lady Keile?»

«Ich rufe sie heute abend an. Und Alice, entschuldige. Und danke, daß du so lieb warst.»

«Ich war nicht lieb, ich war kritisch und ablehnend. Aber

irgendwie denke ich immer, du bist jung und hilflos. Ich fühle mich für dich verantwortlich.»

«Ich bin siebenundzwanzig. Und ich bin nicht hilflos. Und ich bin für mich selbst verantwortlich.»

Nanny ging ans Telefon. «Ja?»

«Nanny?»

«Ja.»

«Ich bin's. Mrs. Keile.»

«Oh, hallo! Möchten Sie Lady Keile sprechen?»

«Ist sie da?»

«Moment, ich hole sie.»

«Nanny?»

«Ja?»

«Wie geht's den Kindern?»

«Oh, sehr gut, wunderbar. Hab sie gerade ins Bett gebracht.» (Das wurde rasch eingeworfen für den Fall, daß Virginia sie sprechen wollte.)

«Ist es heiß?»

«O ja. Herrlich. Prächtiges Wetter. Warten Sie, ich sage Lady Keile, daß Sie dran sind.»

Sie hörte Nanny den Hörer hinlegen, ihre Schritte die Diele durchqueren, ihre ferne Stimme: «Lady Keile!»

Virginia wartete. *Wäre ich eine Frau, die gerne trinkt, hätte ich jetzt ein Glas in der Hand. Ein hohes Glas mit goldbraunem Whisky.* Aber sie hatte keines, und das drohende Verhängnis lag ihr schwer im Magen.

Wieder Schritte, exakt bemessen, unverkennbar. Der Hörer wurde wieder aufgenommen.

«Virginia?»

«Ja, ich bin's.»

Die Situation wurde gräßlich kompliziert, weil Virginia nie wußte, wie sie ihre Schwiegermutter anreden sollte. «Sag

Mutter zu mir», hatte sie liebevoll gemeint, sobald Virginia und Anthony verheiratet waren, aber irgendwie war das unmöglich. Und «Lady Keile» war noch schlimmer. Virginia hatte sich aus der Affäre gezogen, indem sie Lady Keile nie Briefe schrieb, sondern nur Postkarten oder Telegramme schickte und sie immer nur mit «du» anredete.

«Wie schön, dich zu hören, Liebes. Wie fühlst du dich?»

«Es geht mir sehr gut...»

«Und das Wetter? Ich glaube, ihr habt eine Hitzewelle.»

«Ja, es ist unglaublich. Hör mal...»

«Wie geht es Alice?»

«Auch sehr gut...»

«Und die Kinderchen waren schwimmen... die Turners haben einen herrlichen Pool im Garten. Sie hatten Cara und Nicholas heute nachmittag eingeladen. Wie schade, daß sie schon im Bett sind, warum hast du nicht früher angerufen?»

Virginia sagte: «Ich habe dir etwas zu sagen.»

«Ja?»

Virginia schloß die Hand um den Hörer, bis ihre Knöchel schmerzten. «Ich habe ein kleines Cottage gefunden, ganz hier in der Nähe. Es liegt am Meer, und ich dachte, es wäre schön für die Kinder, wenn sie herkommen und wir den Rest der Ferien zusammen verbringen könnten.»

Sie hielt inne, wartete auf eine Bemerkung, aber es blieb still.

«Weißt du, das Wetter ist so schön, und ich habe so ein schlechtes Gewissen, weil ich es ganz allein genieße... und ein bißchen Seeluft würde ihnen guttun, bevor wir zurück nach Schottland und sie wieder zur Schule müssen.»

Lady Keile sagte: «Ein Cottage? Aber ich denke, du wohnst bei Alice Lingard?»

«Ja, bis jetzt. Ich rufe von Haus Wheal an. Aber ich habe das Cottage gemietet.»

«Das verstehe ich nicht.»

«Ich möchte, daß die Kinder herkommen und den Rest der Ferien mit mir verbringen. Ich komme morgen mit dem Zug, um sie abzuholen.»

«Aber was ist das für ein Cottage?»

«Ein Cottage eben. Ein Ferienhaus...»

«Schön, wenn du es so willst...» Virginia setzte zu einem Seufzer der Erleichterung an. «...Aber wie schade für Nanny. Sie hat nicht oft Gelegenheit, nach London zu kommen und ihre Freundinnen zu sehen.» Die Erleichterung erstarb jäh. Virginia ging wieder zum Angriff über.

«Nanny braucht nicht mitzukommen.»

Lady Keile war perplex. «Entschuldige, die Verbindung ist so schlecht, ich dachte, du hast gesagt, Nanny braucht nicht mitzukommen.»

«Richtig. Ich kann mich selbst um die Kinder kümmern. Für Nanny ist sowieso kein Platz. Ich meine, es ist kein Zimmer für sie da, auch kein Spielzimmer... und es ist schrecklich einsam, sie würde sich da nicht wohl fühlen.»

«Du meinst, du willst Nanny die Kinder wegnehmen?»

«Ja.»

«Aber das wird ihr großen Kummer machen.»

«Ja, leider, aber...»

«Virginia...» Lady Keiles Stimme war aufgebracht, betrübt, «Virginia, das können wir nicht am Telefon besprechen.»

Virginia stellte sich Nanny vor, wie sie auf dem Treppenabsatz dem Telefongespräch lauschte.

«Müssen wir ja nicht. Ich komme morgen nach London. Ich bin gegen fünf bei euch. Dann können wir es besprechen.»

«Ich denke», sagte Lady Keile, «das wäre das Beste.»

Und sie hängte ein.

Am nächsten Morgen fuhr Virginia nach Penzance, ließ ihren Wagen auf dem Bahnhofsparkplatz stehen und stieg in den Zug nach London. Es war wieder ein heißer, wolkenloser Morgen; sie hatte keine Zeit gehabt, einen Platz zu reservieren, und obwohl sie einen Gepäckträger erwischte und ihm ein großzügiges Trinkgeld gab, konnte er ihr nur eine freie Ecke in einem Abteil besorgen, das schon unerträglich voll war. Ihre Mitreisenden hatten ihren Jahresurlaub hinter sich und fuhren nach Hause, mißmutig und untröstlich bei dem Gedanken, an die Arbeit zurückzukehren, und unwillig, Meer und Strände an einem so herrlichen Tag zu verlassen.

Eine Familie war darunter, Vater, Mutter und zwei Kinder. Das Baby schlief friedlich in den Armen der Mutter, aber als die Sonne am windstillen Himmel höher stieg und der Zug durch die flirrende Hitze nordwärts ratterte, wurde das andere Kind, ein Junge, immer mürrischer; er wimmerte und quengelte, gab keine Ruhe und trat Virginia mit seinen schmutzigen Sandalen jedesmal auf die Füße, wenn er aus dem Fenster sehen wollte. Um das Kind zu beruhigen, kaufte der Vater ihm schließlich eine Orangeade, doch kaum war die Flasche geöffnet, machte der Zug einen Ruck, und der ganze Inhalt ergoß sich auf Virginias Kleid.

Das Kind wurde prompt von seiner verzweifelten Mutter geohrfeigt und fing an zu brüllen. Das Baby wachte auf und stimmte heulend in das Gebrüll seines Bruders ein. Der Vater sagte: «Schau, was du getan hast», und schüttelte das Kind gehörig, und Virginia, die versuchte, sich mit Papiertüchern zu säubern, beschwichtigte, es sei nicht schlimm, es sei nicht zu ändern, es sei überhaupt nicht schlimm.

Das Geschrei des Kindes ging nach und nach in Schluckauf und Schluchzen über. Eine Flasche wurde hervorgekramt und dem Baby in den Mund gestopft. Es saugte ein bißchen, hielt inne, rappelte sich zum Sitzen hoch und übergab sich.

Virginia zündete sich eine Zigarette an, sah starr aus dem

Fenster und betete: «Mach, daß Cara und Nicholas nie so sind. Mach, daß sie nie auf einer Eisenbahnfahrt so sind, sonst drehe ich total durch.»

In London war es schwül und stickig, der höhlenartige Paddington-Bahnhof war erfüllt von gräßlichem Lärm und ziellos hastenden Menschenmassen. Als Virginia aus dem Zug gestiegen war, ging sie, ihren Koffer in der Hand, in ihrem zerknitterten, fleckigen, klebrigen Kleid den Bahnsteig entlang zum Fahrkartenschalter, und wie ein Geheimagent, der sich seinen Fluchtweg sichert, kaufte sie Fahrkarten und reservierte für den nächsten Morgen drei Plätze im «Riviera». Erst dann ging sie zum Taxistand, wartete in der langen Schlange und ergatterte schließlich ein Taxi.

«Melton Gardens zweiunddreißig, bitte. Kensington.»

«In Ordnung. Steigen Sie ein.»

Sie fuhren in Sussex Gardens durch den Park. Auf dem braunen Rasen tummelten sich picknickende Familien, spärlich bekleidete Kinder, unterm Schatten der Bäume verschlungene Pärchen. In der Brompton Road blühte es bunt in den Blumenkästen an den Fenstern, die Schaufenster waren voll mit Kleidung «für die Reise», der erste Schwung Berufstätige wurde in die U-Bahn-Station Knightsbridge gesogen, ein steter Menschenstrom.

Das Taxi bog in das Geflecht aus stillen Plätzen hinter der Kensington High Street, schob sich durch enge, mit geparkten Autos gesäumte Straßen und bog schließlich um die Ecke nach Melton Gardens.

«Es ist das Haus bei dem Briefkasten.»

Das Taxi hielt. Virginia stieg aus, stellte ihren Koffer auf den Bürgersteig, nahm das Fahrgeld aus ihrer Handtasche. Der Fahrer sagte: «Vielen Dank» und schaltete sein Schild auf «Frei». Virginia nahm ihren Koffer, und just als sie sich dem Haus zuwandte, ging die schwarzgestrichene Tür auf, und ihre Schwiegermutter stand bereit, um sie hereinzulassen.

Lady Keile war eine große, schlanke, ungemein gut aussehende Dame. Sogar an diesem stickigen Tag wirkte sie kühl und makellos, ihr Leinenkleid war vollkommen unzerknittert, kein einziges Haar war verrutscht.

Virginia ging die Stufen zu ihr hinauf.

«Wie geschickt du meine Ankunft abgepaßt hast.»

«Ich stand am Wohnzimmerfenster und habe das Taxi gesehen.»

Ihre Miene war freundlich, lächelnd, aber unerbittlich; sie sah aus wie die Vorsteherin einer Irrenanstalt, die eine neue Patientin aufnimmt. Sie begrüßten sich, indem sie die Wangen aneinanderlegten.

«Hattest du eine schlimme Reise?» Sie schloß die Haustür. In der kühlen, in blassen Farben gehaltenen Diele roch es nach Bienenwachs und Rosen. Am hinteren Ende führten Stufen zu einer Glastür, und dahinter war der Garten zu sehen, die Kastanie, die Kinderschaukel.

«Ja, schauderhaft. Ich fühle mich so schmutzig; ein ungezogenes Kind hat mich von oben bis unten mit Orangensaft begossen.» Es war still im Haus. «Wo sind die Kinder?»

Lady Keile ging voran die Treppe hinauf ins Wohnzimmer. «Sie sind mit Nanny draußen. Ich dachte, es ist vielleicht besser so. Sie bleiben nicht lange, höchstens eine halbe Stunde. Das läßt uns Zeit, alles durchzusprechen.»

Virginia stapfte hinter ihr drein und sagte nichts. Oben angekommen, überquerte Lady Keile den schmalen Flur und trat ins Wohnzimmer. Virginia folgte ihr, und trotz ihrer inneren Unruhe war sie wie immer überwältigt von der zeitlosen Schönheit des Raumes, den herrlichen Proportionen der hohen Fenster, die zur Straße hinausgingen; sie waren heute offen, die zarten Gardinen bewegten sich leicht. Hohe Spiegel reflektierten das Licht und auf Hochglanz polierte antike Möbel, große Vitrinen mit blau-weißen Meißener Tellern und die Blumen, mit denen Lady Keile sich stets umgab.

Sie sahen sich über den hellen Teppichboden hinweg an. Lady Keile sagte: «Machen wir es uns doch gemütlich», und ließ sich, gerade wie ein Ladestock, auf einem ausladenden französischen Sessel nieder.

Virginia setzte sich ganz vorne auf die Sofakante und bemühte sich, sich nicht wie eine Hausangestellte bei einem Einstellungsgespräch vorzukommen. Sie sagte: «Es gibt eigentlich nichts zu besprechen.»

«Ich dachte, ich müßte dich gestern abend am Telefon mißverstanden haben.»

«Nein, du hast mich nicht mißverstanden. Ich habe vor zwei Tagen beschlossen, die Kinder zu mir zu holen. Ich fand es lächerlich, daß ich in Cornwall bin, und sie sind in London, zumal in den Sommerferien. Darauf bin ich zu einem Anwalt gegangen und habe das Häuschen gefunden. Ich habe die Miete bezahlt, und ich habe die Schlüssel. Ich kann sofort einziehen.»

«Weiß Alice Lingard davon?»

»Natürlich. Sie hat angeboten, die Kinder in Haus Wheal aufzunehmen, aber da hatte ich den Vertrag schon abgeschlossen und konnte nicht mehr zurück.»

«Aber Virginia, es kann doch nicht wirklich dein Ernst sein, daß du sie ohne Nanny mitnehmen willst?»

«Doch.»

«Aber das schaffst du nie.»

«Ich muß es versuchen.»

«Das heißt, du willst die Kinder für dich allein.»

«Ja.»

«Findest du nicht, daß das ein bißchen... egoistisch von dir ist?»

«Egoistisch?»

«Ja, egoistisch. Du denkst gar nicht an die Kinder, nicht wahr? Nur an dich.»

«Vielleicht denke ich an mich, aber an die Kinder denke ich auch.»

«Das kann nicht sein, wenn du beabsichtigst, sie von Nanny zu trennen.»

«Hast du mit ihr gesprochen?»

«Das mußte ich natürlich. Sie mußte schließlich erfahren, was du vorhast, sofern ich dich richtig verstanden habe. Aber ich hatte gehofft, dich umstimmen zu können.»

«Was hat sie gesagt?»

«Nicht viel. Aber ich habe ihr angemerkt, daß sie erschüttert war.»

«Ja, das glaube ich gern.»

«Du mußt an Nanny denken, Virginia. Die Kinder sind ihr Leben. Du mußt Rücksicht auf sie nehmen.»

«Ich sehe beim besten Willen nicht, was sie damit zu tun hat.»

«Natürlich hat sie etwas damit zu tun. Sie hat mit allem zu tun, was uns angeht. Sie gehört seit Jahren zur Familie, seit Anthony ein Baby war. Sie hat sich für deine Kinder aufgeopfert. Und du sagst, sie hat nichts damit zu tun.»

«Sie war nicht mein Kindermädchen», sagte Virginia. «Sie hat sich nicht um mich gekümmert, als ich klein war. Du kannst nicht von mir erwarten, daß ich dasselbe für sie empfinde wie du.»

«Willst du wirklich behaupten, du fühlst keinerlei Bindung an sie? Nachdem du deine Kinder von ihr hast aufziehen lassen? Nachdem du acht Jahre in Kirkton mit ihr unter einem Dach gelebt hast? Ich muß sagen, du hast mich getäuscht. Ich dachte immer, ihr hättet euch gut verstanden.»

«Wenn wir uns gut verstanden haben, dann lag es an mir.

Weil ich Nanny bei jeder Kleinigkeit nachgegeben habe, nur um des lieben Friedens willen. Denn wenn etwas nicht nach ihrem Willen ging, war sie tagelang beleidigt, und das konnte ich einfach nicht ertragen.»

«Ich dachte immer, du wärst die Herrin in deinem eigenen Haus.»

«Dann hast du dich geirrt. Und selbst wenn ich den Mut zu einem Krach mit Nanny aufgebracht und sie gebeten hätte zu gehen, hätte Anthony es nicht zugelassen. Er hielt große Stücke auf sie.»

Bei der Erwähnung ihres Sohnes war Lady Keile etwas blaß geworden. Sie hielt die Schultern bewußt gerade, die Hände fest im Schoß verschränkt. Sie sagte eisig: «Und ich nehme an, darauf muß nun keine Rücksicht mehr genommen werden.»

Virginia bereute es augenblicklich. «Du weißt, daß ich das nicht gemeint habe. Aber ich bin jetzt allein. Die Kinder sind alles, was ich habe. Vielleicht bin ich egoistisch, aber ich brauche sie. Ich muß sie um mich haben, unbedingt. Sie haben mir so gefehlt.»

Auf der anderen Straßenseite hielt ein Auto, ein Mann schimpfte, eine Frau antwortete ihm mit schriller, wütender Stimme. Als sei der Lärm mehr, als sie ertragen könne, stand Lady Keile auf und schloß das Fenster.

Sie sagte: «Mir werden sie auch fehlen.»

Hätten wir uns jemals nahegestanden, dachte Virginia, dann würde ich sie jetzt in die Arme nehmen und ihr den Trost schenken, nach dem sie sich sehnt. Aber das war nicht möglich. Sie hatten Zuneigung und Respekt füreinander empfunden. Aber keine Liebe, keine Vertrautheit.

«Ja, das kann ich mir denken. Du warst so gut zu ihnen und zu mir. Und es tut mir leid.»

Ihre Schwiegermutter wandte sich vom Fenster ab. Sie hatte sich und ihre Gefühle wieder in der Hand. «Ich denke», sagte sie, «es wäre eine gute Idee, eine Tasse Tee zu trinken.» Und damit steuerte sie auf die Klingelschnur neben dem Kamin zu.

Die Kinder kamen um halb sechs zurück. Die Haustür ging auf und zu, und ihre Stimmen erklangen aus der Diele. Virginia setzte ihre Teetasse ab und saß ganz still. Lady Keile wartete, bis die Schritte am Treppenabsatz vor der Wohnzimmertür vorüber und auf dem Weg nach oben ins Kinderzimmer waren. Dann ging sie die Tür öffnen.

«Cara, Nicholas.»

«Hallo, Großmama.»

«Hier ist Besuch für euch.»

«Wer?»

«Eine Überraschung. Kommt, seht selbst.»

Viel später, als die Kinder hinaufgegangen waren, um zu baden und zu essen, nachdem Virginia selbst gebadet und ein sauberes, kühles Seidenkleid angezogen hatte, und bevor der Gong zum Abendessen ertönte, ging sie ins Kinderzimmer hinauf, um mit Nanny zu reden.

Virginia traf sie allein an, damit beschäftigt, das Abendbrotgeschirr der Kinder ab- und das Zimmer aufzuräumen, bevor sie sich wie allabendlich vor den Fernseher setzte.

Nicht daß es nötig gewesen wäre, das Zimmer aufzuräumen. Aber Nanny konnte nicht abschalten, bevor nicht jedes Kissen auf dem Sofa ausgerichtet, alles Spielzeug weggeräumt, die schmutzigen Kleider der Kinder in der Wäsche und die frischen für den nächsten Morgen zurechtgelegt waren. So war sie immer gewesen, schwelgend in der mustergültigen, nach ihren eigenen strengen Maßstäben geschaffenen Ordnung. Und sie hatte immer gleich ausgesehen, eine adrette, magere Frau, inzwischen über sechzig, aber kaum eine Spur Grau in den dunklen Haaren, die sie zu einem Knoten geschlungen trug. Sie schien alterslos, der Typ, der unverändert blieb, bis sie als alte Frau plötzlich senil werden und sterben würde.

Sie blickte auf, als Virginia ins Zimmer trat, und sah dann hastig wieder weg.

«Hallo, Nanny.»

«Guten Abend.»

Sie verhielt sich ausgesprochen eisig. Virginia schloß die Tür und setzte sich auf die Armlehne des Sofas. Es gab nur eine Möglichkeit, mit Nanny fertig zu werden, wenn sie schlecht gelaunt war, nämlich gleich mit der Tür ins Haus zu fallen. «Es tut mir leid, Nanny.»

«Ich weiß nicht, was Sie meinen, das ist mal sicher.»

«Ich meine, daß ich die Kinder abhole. Wir fahren morgen früh nach Cornwall. Ich habe Plätze im Zug reserviert.» Nanny legte die karierte Tischdecke zusammen, Ecke auf Ecke zu einem akkuraten Quadrat. «Lady Keile sagt, sie hat mit Ihnen gesprochen.»

«Sie hat was von einem idiotischen Plan erwähnt... aber ich konnte kaum glauben, daß mein Gehör mir keinen Streich gespielt hat.»

«Sind Sie beleidigt, weil ich die Kinder mitnehme, oder weil Sie nicht auch mitkommen?»

«Wer ist beleidigt? Niemand ist beleidigt, das ist mal sicher...»

«Dann finden Sie es eine gute Idee?»

«Nein, finde ich nicht. Aber auf meine Meinung scheint man ja keinen Wert mehr zu legen.»

Sie legte die Decke in die Tischschublade und schob die Schublade mit einem kleinen Knall zu, der ihren kaum verhaltenen Zorn verriet. Doch ihre Miene blieb kühl, ihr Mund gestrafft.

«Sie wissen sehr wohl, daß wir Wert auf Ihre Meinung legen. Sie haben so viel für die Kinder getan. Sie dürfen nicht denken, daß ich undankbar bin. Aber sie sind keine Babies mehr.»

«Und was soll das heißen, wenn ich fragen darf?»

«Bloß, daß ich mich jetzt um sie kümmern kann.»

Nanny wandte sich vom Tisch ab. Zum erstenmal trafen sich ihre Blicke, und als sie sich gegenseitig musterten, sah Virginia, wie die Zornesröte sich langsam auf Nannys Hals, über ihr Gesicht bis hinauf zum Haaransatz ausbreitete.

Sie sagte: «Wollen Sie mir kündigen?»

«Nein, das hatte ich eigentlich nicht vor. Aber da wir schon darüber reden, wäre es vielleicht das beste. Für Sie selbst und für alle anderen. Ja, vielleicht wäre es besser für Sie.»

«Und wieso wäre es besser für mich? Mein ganzes Leben habe ich dieser Familie gewidmet, ich habe mich von Anfang an um Anthony gekümmert, und es gab keinen Grund, weshalb ich nach Schottland kommen und für Ihre Babies sorgen sollte, ich wollte da nie hin, ich wollte nicht weg aus London, aber Lady Keile hat mich gebeten, und weil es ihre Familie war, bin ich gegangen, es war ein wirkliches Opfer für mich, und dies ist nun der Dank dafür...»

«Nanny...» Virginia unterbrach sie sachte, als Nanny innehielt, um Atem zu schöpfen, «...eben deswegen wäre es besser für Sie. Aus genau diesem Grund. Wäre es nicht besser, einen klaren Strich zu ziehen und sich vielleicht eines neuen Babys anzunehmen, einer neuen kleinen Familie? Sie haben selbst immer gesagt, ein Kinderzimmer ohne kleines Baby ist kein richtiges Kinderzimmer, und Nicholas ist jetzt sechs.»

«Ich hätte nie gedacht, daß ich diesen Tag erleben müßte.»

«Und wenn Sie das nicht wollen, warum sprechen Sie dann nicht mit Lady Keile? Sie könnten eine Vereinbarung mit ihr treffen. Sie verstehen sich so gut, und Sie sind gerne in London bei Ihren vielen Freundinnen...»

«Ich brauche Ihre Vorschläge nicht, vielen Dank. Die

besten Jahre meines Lebens habe ich geopfert, um Ihre Kinder großzuziehen, ich habe keinen Dank erwartet … es wäre nie soweit gekommen, wenn der arme Anthony … wenn Anthony noch lebte …»

So ging es ewig weiter, und Virginia hörte zu, ließ die Schmähungen über sich ergehen. Sie sagte sich, dies sei das mindeste, was sie tun könne. Es war vorbei, es war geschafft, sie war frei. Nur darauf kam es an. Höflich zu warten, bis Nanny fertig war, war nichts weiter als eine Respektsbezeugung, ein Tribut des Siegers an den Besiegten nach einer blutrünstigen, jedoch ehrenhaften Schlacht.

Danach ging sie den Kindern gute Nacht sagen. Nicholas schlief schon, aber Cara war noch in ihr Buch vertieft. Als ihre Mutter ins Zimmer kam, lösten ihre Augen sich langsam von der Buchseite, und sie sah auf. Virginia setzte sich auf die Bettkante.

«Was liest du da?»

Cara zeigte es ihr. *«Die Schatzsucher.»*

«Oh, das kenne ich. Wo hast du es gefunden?»

«Im Bücherregal im Kinderzimmer.»

Sie markierte die Seite in ihrem Buch sorgsam mit einem Lesezeichen, das sie selbst in Kreuzstich gestickt hatte, klappte das Buch zu und legte es auf ihr Nachtkästchen. «Hast du eben mit Nanny gesprochen?»

«Ja.»

«Sie war den ganzen Tag so komisch.»

«So?»

«Weißt du, was sie hat? Ist es was Schlimmes?»

Eine Achtjährige hatte es schwer, wenn sie so aufmerksam war, so empfänglich für Stimmungen. Zumal wenn sie schüchtern und nicht besonders hübsch war und eine runde Nickelbrille tragen mußte, die sie wie eine Eule aussehen ließ.

«Nein, nicht richtig schlimm. Es wird sich nur etwas ändern.»

«Und was?»

«Ich fahre morgen mit dem Zug zurück nach Cornwall und nehme dich und Nicholas mit. Magst du?»

«Du meinst...» Caras Gesicht leuchtete auf. «Wohnen wir bei Tante Alice?»

«Nein, wir haben ein Haus für uns allein, ein lustiges kleines Häuschen namens Bosithick. Und wir müssen die ganze Hausarbeit allein machen und selber kochen...»

«Kommt Nanny nicht mit?»

«Nein. Nanny bleibt hier.»

Langes Schweigen. Virginia fragte: «Macht es dir etwas aus?»

«Nein, gar nicht. Aber ihr bestimmt. Deswegen war sie so komisch.»

«Es ist nicht leicht für Nanny. Ihr seid von Geburt an ihre Babies gewesen. Aber ich finde, ihr seid Nanny allmählich entwachsen, genau wie ihr aus den Kleidern herauswachst... ihr seid beide groß genug, um selbständig zu werden.»

«Wohnt Nanny dann nicht mehr bei uns?»

«Nein.»

«Wo denn?»

«Vielleicht findet sie wieder ein kleines Baby, für das sie sorgen kann. Oder sie bleibt hier bei Großmama.»

«Sie ist gerne in London», sagte Cara. «Das hat sie mir gesagt. Viel lieber als in Schottland.»

«Na siehst du!»

Cara dachte einen Augenblick darüber nach, dann sagte sie: «Wann fahren wir nach Cornwall?»

«Hab ich dir doch schon gesagt. Morgen, mit dem Zug.»

«Um wieviel Uhr?» Sie wollte immer alles ganz genau wissen.

«Um halb zehn. Wir fahren mit dem Taxi zum Bahnhof.»

«Und wann fahren wir wieder nach Kirkton?»

«Wenn die Ferien um sind, nehme ich an. Wenn ihr wieder zur Schule müßt.» Cara schwieg. Es war unmöglich zu sagen, was sie dachte. Virginia sagte: «Jetzt mußt du aber schlafen, es wird Zeit... wir haben morgen einen langen Tag vor uns», und sie nahm Cara sachte die Brille ab und gab ihr einen Gutenachtkuß.

Doch als sie zur Tür ging, sagte Cara: «Mami?»

Virginia drehte sich um. «Ja?»

«Du bist gekommen.»

Virginia runzelte verständnislos die Stirn.

«Du bist gekommen», sagte Cara wieder. «Ich wollte, daß du mir schreibst, aber du bist lieber hergekommen.»

Virginia dachte an Caras Brief, der alles ins Rollen gebracht hatte. Sie lächelte. «Ja», sagte sie, «ich bin gekommen. Ich fand es besser so.» Und sie ging aus dem Zimmer und nach unten, um die Qual eines schweigsamen Abendessens in Lady Keiles Gesellschaft über sich ergehen zu lassen.

5

Virginia erwachte mit dem ungewohnten Gefühl, etwas vollbracht zu haben. Sie fühlte sich entschlossen und stark, was so neu für sie war, daß es sich lohnte, noch ein Weilchen still liegen zu bleiben, um dieses Gefühl auszukosten. In Lady Keiles superbequemem Gästebett, in hohlsaumbesticktes Leinen und federleichte Decken gehüllt, sah sie den Sonnenschein an diesem neuen herrlichen Sommermorgen in langen goldenen Strahlen durch die Blätter der Kastanie dringen. Das Schlimmste war vorüber, die gefürchteten Hürden waren genommen, und in ein paar Stunden würde sie mit den Kindern im Zug sein. Sie sagte sich, daß sie sich seit dem gestrigen Abend nie wieder scheuen würde, etwas anzupacken; keine Schwierigkeit sei unüberwindlich, kein Problem zu verzwickt. Sie ließ ihre Phantasie vorsichtig zu den bevorstehenden Wochen schweifen, zu den Widrigkeiten, wenn sie allein mit Cara und Nicholas fertig werden mußte, zu den Unannehmlichkeiten und Unzulänglichkeiten des kleinen Hauses, das sie so kurzentschlossen gemietet hatte, und trotzdem blieb ihre gute Laune ungetrübt. Sie hatte das Schlimmste hinter sich. Von nun an würde alles anders.

Es war halb acht. Sie stand auf, freute sich über das schöne Wetter, das Vogelgezwitscher, das angenehm ferne Summen des Verkehrs. Sie wusch sich, zog sich an, packte ihre Sachen, zog ihr Bett ab und ging nach unten.

Nanny und die Kinder frühstückten im Kinderzimmer, und Lady Keile nahm ihr Frühstück in ihrem Schlafzimmer ein. Aber da dies ein perfekt organisierter Haushalt war, stand auf dem Rechaud im Eßzimmer Kaffee für Virginia bereit, und am Kopfende des polierten Tisches war ein einzelnes Gedeck aufgelegt.

Sie trank zwei Tassen glühendheißen Kaffee und aß Toast mit Orangenmarmelade. Dann nahm sie den Schlüssel vom Dielentisch, schloß die Haustür auf und ging durch die morgendlich stillen Straßen zu dem kleinen altmodischen Lebensmittelgeschäft, wo Lady Keile Stammkundin war. Sie kaufte genügend Vorräte, um für den Anfang versorgt zu sein, wenn sie in Bosithick ankamen. Brot und Butter, Speck und Eier, Kaffee und Kakao, weiße Bohnen in Tomatensoße (die Nicholas so liebte, ihm aber von Nanny vorenthalten wurden), Tomatensuppe und Schokoladenplätzchen. Milch und Gemüse würde sie dort erstehen müssen, Fleisch und Fisch hatten bis später Zeit. Sie bezahlte, der Kaufmann packte ihr alles in einen stabilen Pappkarton, und ihre schwere Last auf beiden Armen vor sich hertragend, ging sie nach Melton Gardens zurück.

Sie traf die Kinder und Lady Keile unten an. Von Nanny war nichts zu sehen, aber die kleinen Koffer, zweifellos akkurat gepackt, standen nebeneinander in der Diele. Virginia stellte den Lebensmittelkarton mit einem Plumps daneben ab.

«Hallo, Mami!»

«Hallo.» Sie gab beiden einen Kuß. Sie waren sauber und adrett, reisefertig, Cara in einem blauen Baumwollkleid, Nicholas in Shorts und einem gestreiften Hemd, die dunklen Haare glatt gebürstet. «Wo warst du?» wollte er wissen.

«Lebensmittel kaufen. Wir werden vermutlich keine Zeit zum Einkaufen haben, wenn wir in Penzance ankommen; es wäre schlimm, wenn wir nichts zu essen hätten.»

«Ich hab nichts gewußt, bis Cara es mir heute morgen gesagt hat. Wie ich aufgewacht bin, hab ich nicht gewußt, daß wir Eisenbahn fahren.»

«Entschuldige. Du hast gestern abend schon geschlafen, als ich kam, um es euch zu sagen, und ich wollte dich nicht wekken.»

«Ich wünschte, du hättest mich aufgeweckt. Ich hab nichts gewußt, bis zum Frühstück.» Er war sehr aufgebracht.

Virginia lächelte ihm zu, dann sah sie ihre Schwiegermutter an. Lady Keile war abgespannt und blaß. Ansonsten sah sie aus wie immer, perfekt gepflegt, vollkommen Herr der Situation. Virginia fragte sich, ob sie überhaupt geschlafen hatte.

«Du solltest nach einem Taxi telefonieren», sagte Lady Keile. «Sonst verpaßt ihr am Ende noch den Zug. Am besten erledigt man immer alles frühzeitig. Die Nummer ist neben dem Telefon.»

Virginia wünschte, das wäre ihr selber eingefallen, und tat wie geheißen. Die Uhr in der Diele schlug Viertel nach neun. Binnen zehn Minuten war das Taxi da, und sie waren zum Aufbruch bereit.

«Aber wir müssen Nanny auf Wiedersehen sagen», sagte Cara.

Virginia sagte: «Ja, natürlich. Wo ist Nanny?»

«Im Kinderzimmer.» Cara wollte zur Treppe, aber Virginia sagte: «Nein.»

Cara drehte sich um und machte große Augen vor Schreck über diesen ungewohnten Ton ihrer Mutter.

«Aber wir müssen ihr auf Wiedersehen sagen.»

«Natürlich. Nanny wird herunterkommen und sich von euch verabschieden. Ich gehe jetzt nach oben und sage ihr, daß wir gleich losfahren. Seht ihr zu, daß ihr alles beisammen habt.»

Sie fand Nanny emsig mit einer vollkommen überflüssigen Arbeit beschäftigt.

«Nanny, wir fahren jetzt.»

«Ach ja.»

«Die Kinder möchten Ihnen auf Wiedersehen sagen.»

Schweigen.

Gestern abend hatte Virginia Mitleid mit ihr gehabt und sie auf seltsame Weise respektiert. Doch jetzt hätte sie Nanny am liebsten an den Schultern gepackt und sie geschüttelt, bis ihr sturer Kopf herunterfiel. «Nanny, das ist doch lächerlich. So können Sie es nicht enden lassen. Kommen Sie herunter und sagen Sie ihnen auf Wiedersehen.»

Es war der erste direkte Befehl, den sie Nanny je erteilt hatte. Der erste, dachte sie, und der letzte. Wie Cara war auch Nanny sichtlich erschüttert. Sie zögerte einen Moment, ihr Mund bewegte sich, sie strengte sich offensichtlich an, sich eine Ausrede einfallen zu lassen. Virginia sah ihr fest in die Augen. Nanny versuchte, sie so lange anzustarren, bis sie wegsah, wurde aber besiegt, und sie wandte die Augen ab. Das war Virginias endgültiger Triumph.

«Sehr wohl, Madam», sagte Nanny und folgte Virginia hinunter in die Diele. Die Kinder liefen freudig zu ihr, umarmten und küßten sie, als sei sie der einzige Mensch auf der Welt, den sie liebten, und sobald diese Liebesbezeugung vollzogen war, liefen sie die Stufen hinunter zu dem wartenden Taxi.

«Auf Wiedersehen», sagte Virginia zu ihrer Schwiegermutter. Mehr gab es nicht zu sagen. Sie legten wieder die Wangen aneinander und küßten in die Luft. «Auf Wiedersehen, Nanny.» Doch Nanny war schon wieder auf dem Weg nach oben ins Kinderzimmer; sie angelte nach ihrem Taschentuch und putzte sich die Nase. Nur ihre aufwärts stampfenden Beine waren zu sehen, und im nächsten Augenblick erreichte sie den Treppenabsatz, bog um die Ecke und verschwand.

Virginia hätte sich wegen des Benehmens ihrer Kinder keine Sorgen zu machen brauchen. Das neue Abenteuer der Bahnfahrt machte sie nicht aufgeregt, sondern stumm. Sie hatten noch nicht viele Ferienreisen gemacht und waren noch nie an der See gewesen, und wenn sie zu ihrer Großmutter nach London fuhren, waren sie, schon im Schlafanzug, in den Nachtzug verfrachtet worden und hatten die ganze Reise durchgeschlafen.

Jetzt sahen sie aus dem Fenster auf die rasende Landschaft, als hätten sie noch nie Felder, Bauernhöfe, Kühe oder Städte gesehen. Als der Reiz des Neuen nach einer Weile abflaute, wickelte Nicholas das Geschenk aus, das Virginia ihm am Paddington-Bahnhof gekauft hatte, und lächelte zufrieden, als er den kleinen roten Traktor sah.

Er sagte: «Der sieht aus wie der von Kirkton. Mr. McGregor hatte genauso einen Messey Fergusson.» Er drehte die Räder, machte leise Traktorgeräusche und ließ das Spielzeug auf der Polsterung der Britischen Eisenbahnen hin und her rollen.

Aber Cara schlug ihr Comic-Heft nicht einmal auf. Es lag auf ihrem Schoß, und sie sah unverwandt aus dem Fenster, die gewölbte Stirn ans Glas gelehnt; die wachen Augen hinter ihrer Brille ließen sich nichts entgehen.

Um halb eins gingen sie Mittag essen. Das war wieder ein neues Abenteuer: den Gang entlang schlingern und geschwind durch die schaurigen Verbindungen zwischen den Waggons eilen. Der Speisewagen entzückte sie, die Tische und die kleinen Lämpchen, der geduldige Ober, der sie wie Erwachsene behandelte und ihnen eine Speisekarte reichte.

«Und was wünschen Madam?» fragte der Ober, und Cara lief rot an und kicherte verlegen, als sie merkte, daß sie gemeint war, und man mußte ihr helfen, Tomatensuppe und Bratfisch zu bestellen und das weltbewegende Problem zu lösen, ob sie zum Nachtisch weißes oder rosa Eis essen sollte.

Als Virginia ihre Gesichter betrachtete, dachte sie: Weil es für sie neu und aufregend ist, ist es auch für mich neu und aufregend. Einfache, normale Vorgänge werden etwas Besonderes, weil ich sie mit Caras Augen sehe. Und wenn Nicholas mir Fragen stellt, die ich nicht beantworten kann, werde ich nachschlagen, und so werde ich mich informieren und bilden und eine glänzende Gesprächspartnerin sein.

Das war eine lustige Vorstellung. Sie lachte plötzlich, und Cara sah sie an, und dann lachte sie auch, ohne zu wissen, was so spaßig war, aber voller Freude, es mit ihrer Mutter zu teilen.

«Wann bist du zum erstenmal mit dem Zug nach Cornwall gefahren?» fragte Cara.

«Als ich siebzehn war. Vor zehn Jahren.»

«Nicht als du ein kleines Mädchen warst wie ich?»

«Nein. Da bin ich immer zu einer Tante nach Sussex gefahren.»

Inzwischen war es Nachmittag, und sie hatten das Abteil für sich allein. Nicholas, für den der Gang ein regelrechtes Abenteuer war, hatte beschlossen, dort draußen zu bleiben, und sie konnte ihn sehen, wie er breitbeinig dastand und sich bemühte, sein Leichtgewicht mit dem Schlingern des Zuges in Einklang zu bringen.

«Erzähl.»

«Was? Von Sussex?»

«Nein. Wie du nach Cornwall gekommen bist.»

«Wir sind einfach hingefahren, meine Mutter und ich, und haben bei Alice und Tom Lingard gewohnt. Ich war gerade mit der Schule fertig, und Alice hatte uns geschrieben und uns eingeladen, und meine Mutter meinte, es wäre schön, Ferien zu machen.»

«War es in den Sommerferien?»

«Nein, es war Ostern. Im Frühling. Die Narzissen haben geblüht, und die Böschungen am Bahndamm waren voll mit Schlüsselblumen.»

«War es heiß?»

«Nicht richtig. Aber sonnig, und viel wärmer als in Schottland. In Schottland haben wir nie einen richtigen Frühling, nicht? An einem Tag ist noch Winter, und am nächsten Tag haben alle Bäume schon Blätter, und es ist Sommer. So ist es mir jedenfalls immer vorgekommen. In Cornwall dauert der Frühling lange... deswegen können dort die vielen herrlichen Blumen wachsen, die dann zum Verkaufen nach Covent Garden geschickt werden.»

«Warst du schwimmen?»

«Nein, das Meer war eiskalt.»

«Aber in Tante Alice' Schwimmbad?»

«Damals hatte sie noch kein Schwimmbad.»

«Dürfen wir in Tante Alice' Schwimmbad schwimmen?»

«Aber sicher.»

«Und im Meer?»

«Ja, wir suchen uns einen schönen Strand, und dort gehen wir schwimmen.»

«Ich... ich kann aber nicht gut schwimmen.»

«Im Meer geht es leichter als in normalem Wasser. Das Salz hilft dir, oben zu bleiben.»

«Spritzen einem die Wellen denn nicht ins Gesicht?»

«Ein bißchen. Aber das macht Spaß.»

Cara dachte darüber nach. Sie hatte es nicht gern, wenn ihr Gesicht naß wurde. Ohne ihre Brille war alles verschwommen, und mit der Brille konnte sie nicht schwimmen.

«Was hast du sonst noch gemacht?»

«Wir sind im Auto spazierengefahren und einkaufen gegangen. Wenn es warm war, saßen wir im Garten, und Alice hat Freundinnen zum Tee und Bekannte zum Abendessen eingeladen. Und ab und zu bin ich spazierengegangen. Man kann dort herrliche Spaziergänge machen. Hinter dem Haus einen Hügel hinauf, oder nach Porthkerris hinunter. Die Straßen sind steil und schmal, so schmal, daß ein Auto kaum durchkommt. Und es gab eine Menge streunende Katzen, und den Hafen mit Fischerbooten, und die alten Männer saßen dort und genossen den Sonnenschein. Bei Flut schaukelten die Boote im tiefen Wasser, und bei Ebbe war nur goldener Sand da, und die Boote lehnten alle schief nach einer Seite.»

«Sind sie nicht umgekippt?»

«Glaub ich nicht.»

«Warum nicht?»

«Keine Ahnung», sagte Virginia.

Es hatte einen besonderen Tag gegeben, einen Apriltag, windig und sonnig. Es war Flut, und Virginia erinnerte sich an den Salzgeruch, vermischt mit den typischen Hafengerüchen von Teer und frischer Farbe.

Im Schutz des Kais war das Wasser glatt und klar. Doch jenseits des Hafens war das Meer rauh und dunkel, überzogen mit weißen Schaumkronen, und am Ende der Bucht schlugen die hohen Wellen gegen die Felsen am Fuße des Leuchtturms, und weißer Gischt spritzte auf, fast so hoch wie der Leuchtturm selbst.

Es war eine Woche nach dem Grillabend in Lanyon, und Virginia war ausnahmsweise allein. Alice war nach Penzance zu einer Ausschußsitzung gefahren, Tom Lingard war in Plymouth, Mrs. Jilkes, die Köchin, hatte ihren freien Nachmittag und war mit einem gewaltigen Hut losgezogen, um die Frau ihres Cousins zu besuchen, und Mrs. Parsons machte ihren wöchentlichen Besuch beim Friseur.

«Du wirst dich allein amüsieren müssen», hatte sie beim Mittagessen zu Virginia gesagt.

«Ich hab nichts dagegen.»

«Was wirst du tun?»

«Ich weiß nicht. Irgendwas.»

In dem leeren Haus, den leeren Nachmittag vor sich wie ein Geschenk, hatte sie eine Reihe von Möglichkeiten erwogen. Aber der Tag war zu herrlich, um verschwendet zu werden. Sie war einfach losgegangen, und ihre Füße hatten sie zu dem schmalen Pfad getragen, der zu den Klippen führte, dann den Klippenweg entlang und hinunter zu dem weißen, sichelförmigen Strand. Im Sommer würde er mit bunten Zelten, Eisbuden und lärmenden Urlaubern mit Strandbällen und Sonnenschirmen bevölkert sein, doch im April waren noch keine Gäste da, und der Sand lag rein, von den Winterstürmen gewaschen, und Virginias Schritte hinterließen Abdrücke, sauber und präzise wie Stiche.

Am Ende des Strands führte ein Weg bergauf, und bald hatte sie sich in einem Gewirr schmaler Straßen verlaufen, die sich zwischen alten, sonnenverblichenen Häusern wanden. Sie stieß auf Steinstufen und unvermutete Gassen und folgte ihnen, bis sie plötzlich um eine Ecke bog und direkt am Hafen war. Im flirrenden Sonnenschein sah sie die buntgestrichenen Boote, das pfauengrüne Wasser. Möwen kreisten kreischend über ihr, ihre großen Schwingen hoben sich wie weiße Segel vor dem Blau ab, und überall regte sich Leben; ein regelrechter Frühjahrsputz war im Gange. Ladenfronten wurden weiß getüncht, Fenster geputzt, Taue aufgerollt, Decks geschrubbt, Netze geflickt.

Am Rand des Kais hatte ein Verkäufer hoffnungsvoll seinen strahlendweißen Eiskarren mit der verführerischen Aufschrift «Fred Hoskings, hausgemachtes Eis, das beste von Cornwall» aufgestellt, und Virginia bekam plötzlich Lust auf Eis und wünschte, sie hätte Geld mitgenommen. An einem solchen Tag in der Sonne zu sitzen und Eis zu schlecken schien ihr mit einemmal das höchste an Luxus. Je mehr sie daran dachte, desto begehrenswerter wurde es, und sie kramte in sämtlichen Taschen, in der Hoffnung, ein vergessenes Geldstück zu finden, aber da war nichts, nicht mal ein Halfpenny.

Sie setzte sich auf einen Poller und sah betrübt auf das Deck eines Fischerbootes, wo ein Junge in einem salzbefleckten Kittel auf einem Spirituskocher Tee aufbrühte. Sie versuchte, nicht an das Eis zu denken, als hinter ihr, wie die Erhörung eines Gebetes, eine Stimme erklang.

«Hallo.»

Virginia blickte über die Schulter, wischte sich die langen Haare aus dem Gesicht und sah ihn dastehen, gegen den Wind gestemmt, ein Päckchen unter dem Arm. Er trug einen blauen Rollkragenpullover, in dem er wie ein Seemann aussah.

Sie stand auf. «Hallo.»

«Ich dachte mir, daß du es bist», sagte Eustace Philips, «aber ich war mir nicht sicher. Was machst du hier?»

«Nichts. Ich bin bloß spazierengegangen und hab hier Pause gemacht, um mir die Boote anzusehen.»

«Ein herrlicher Tag heute.»

«Ja.»

Seine blauen Augen blitzten amüsiert. «Wo ist Alice Lingard?»

«In Penzance... auf einer Sitzung...»

«Dann bist du ganz allein?»

«Ja.» Sie hatte ausgelatschte blaue Turnschuhe an, Bluejeans und einen weißen Pullover mit Zopfmuster, und sie war zu ihrem Kummer überzeugt, daß ihre Naivität sich nicht nur aufs peinlichste in ihrer Kleidung zeigte, sondern auch in ihrer Unfähigkeit zu belangloser Konversation.

Sie sah auf sein Päckchen. «Und was machst du hier?»

«Ich hab eine neue Plane für den Heuschober besorgt. Der Wind hat die alte heute nacht in Fetzen gerissen.»

«Dann gehst du jetzt wohl zurück?»

«Nicht gleich. Und du?»

«Ich hab nichts vor. Seh mich bloß um.»

«Kennst du die Stadt noch nicht?»

«So weit wie heute bin ich noch nie gekommen.»

«Dann komm, ich zeig sie dir.»

Sie gingen den Kai entlang, gemächlich im Gleichschritt. Er sah den Eiskarren und blieb stehen. «Hallo, Fred.»

Der Eismann, in seiner blendendweißen Jacke wie ein Cricket-Schiedsrichter, drehte sich um, und als er Eustace erkannte, breitete sich ein Lächeln über seine Züge, die braun und schrumpelig waren wie eine Walnuß.

«Tag, Eustace. Wie geht's?»

«Gut, und dir?»

«Nicht schlecht. Seh dich nicht oft hier unten. Wie steht's in Lanyon?»

«Prima. Viel Arbeit.» Eustace nickte zu dem Karren. «Du bist früh draußen. Hier ist kein Mensch, um Eis zu kaufen.»

«Ach weißt du, wer zuerst kommt, mahlt zuerst, sag ich immer.»

Eustace sah Virginia an. «Möchtest du ein Eis?»

Sie konnte sich nicht erinnern, daß ihr je ein Mensch genau das angeboten hatte, was sie sich am meisten wünschte. «Gerne, aber ich habe kein Geld bei mir.»

Eustace grinste. «Das größte, das du hast», sagte er zu Fred und griff in die Gesäßtasche seiner Hose.

Er führte Virginia den ganzen Kai entlang, durch kopfsteingepflasterte Straßen, von deren Existenz sie nichts geahnt hatte, über kleine, unerwartete Plätze, wo die Häuser gelbe Türen und Blumenkästen hatten, an Höfen mit Wäscheleinen und Steintreppen vorbei, wo Katzen in der Sonne lagen und sich putzten. Schließlich kamen sie an einen Nordstrand, der mit der Front zum Wind lag. Die langen Brecher rollten jadegrün heran, und die Sonne stand hinter ihnen, und die Luft war neblig von sprühendem Schaum.

«Als ich ein Junge war», sagte Eustace zu ihr, die Stimme gegen den Wind erhoben, «bin ich immer mit einem Surfbrett hierhergekommen. Es war ein kleines aus Holz, das mein Onkel mir gemacht hatte, mit einem aufgemalten Gesicht. Aber heute haben sie Surfbretter aus Glasfaser. Und sie surfen das ganze Jahr, Sommer wie Winter.»

«Ist es nicht kalt?»

«Sie haben Spezialanzüge an.»

Sie kamen an einen Deich, in dessen Biegung eine Holzbank stand, und Eustace, der offenbar fand, sie seien genug gelaufen, ließ sich nieder, mit dem Rücken zum Deich und dem Gesicht zur Sonne, und streckte die langen Beine von sich.

Virginia, die soeben den Rest von ihrem Rieseneis vertilgte, setzte sich neben ihn. Er beobachtete sie, und als sie den letzten Mundvoll verdrückt hatte und die Finger an den Knien ihrer Jeans abwischte, sagte er: «Hat's geschmeckt?»

Sein Gesicht war ernst, doch seine Augen lachten sie aus. Es machte ihr nichts. «Prima, sehr gut. Du hättest auch eines essen sollen.»

«Ich bin zu groß und zu alt, um eisschleckend durch die Straßen zu laufen.»

«Dafür werde ich nie zu groß oder zu alt sein.»

«Wie alt bist du?»

«Siebzehn, bald achtzehn.»

«Bist du mit der Schule fertig?»

«Ja, letzten Sommer.»

«Was machst du jetzt?»

«Nichts.»

«Gehst du auf die Uni?»

Sie war geschmeichelt, daß er sie für so intelligent hielt. «Meine Güte, nein.»

«Was hast du denn vor?»

Virginia wünschte, er hätte nicht gefragt.

«Hm, ich denke, nächsten Winter werde ich wohl kochen oder Steno und Schreibmaschine lernen oder was ähnlich Grauenhaftes. Aber meine Mutter hat diesen Tick, daß ich den Sommer über nach London und auf all die Parties gehen soll, damit ich die richtigen Leute kennenlerne und mich in den gesellschaftlichen Strudel stürze.»

«Ich glaube», sagte Eustace, «das nennt man ‹eine Saison erleben›.» Sein Tonfall ließ deutlich erkennen, daß er von dieser Idee so wenig hielt wie sie selbst.

«Bitte nicht. Mich packt das kalte Grausen.»

«Kaum zu glauben, daß es heutzutage noch Leute gibt, die Wert auf so was legen.»

«Ich weiß, es ist unvorstellbar. Aber es gibt sie noch. Und meine Mutter ist eine von ihnen. Sie hat sich schon mit einigen anderen Müttern zu schauerlichen Teegesellschaften zusammengetan. Sie hat sogar schon das Datum für einen Ball festgelegt, aber ich werde alles versuchen, um es ihr auszureden. Kannst du dir was Schlimmeres vorstellen als einen Debütantinnenball?»

«Nein, aber ich bin ja auch keine süßen Siebzehn.» Virginia schnitt ihm eine Grimasse. «Wenn du so dagegen bist, warum weigerst du dich nicht einfach und sagst deiner Mutter, du hättest lieber das Geld für ein Rückflugticket nach Australien oder so was?»

«Hab ich ja gemacht. Ich hab's zumindest versucht. Aber du kennst meine Mutter nicht. Sie hört nie auf das, was ich sage, sie sagt einfach, es ist so wichtig, die richtigen Leute kennenzulernen und auf die richtigen Parties eingeladen und an den richtigen Orten gesehen zu werden.»

«Kannst du nicht versuchen, deinen Vater auf deine Seite zu ziehen?»

«Ich hab keinen Vater. Zumindest sehe ich ihn nie, sie haben sich scheiden lassen, als ich ein Baby war.»

«Verstehe.» Er fügte ohne große Zuversicht hinzu: «Kopf hoch... wer weiß, vielleicht macht es dir ja Spaß.»

«Ich werde es von Anfang bis Ende hassen.»

«Woher weißt du das?»

«Weil ich nicht zu Parties tauge und vor Fremden keinen Ton herausbringe und mir nie einfällt, was ich mit jungen Männern reden könnte.»

«Bei mir fällt dir eine Menge ein.»

«Aber du bist anders.»

«Inwiefern?»

«Du bist älter. Ich meine, du bist nicht jung.» Eustace lachte, und Virginia wurde verlegen. «Ich meine, du bist nicht richtig jung, wie ein- oder zweiundzwanzig.» Er lachte immer noch. Sie legte die Stirn in Falten. «Wie alt bist du?»

«Achtundzwanzig. Ich werde bald neunundzwanzig.»

«Du hast es gut. Ich wünschte, ich wäre achtundzwanzig.»

«Dann», sagte Eustace, «wärst du wahrscheinlich jetzt nicht hier.»

Ganz plötzlich wurde es dunkel und kalt. Virginia schauderte. Sie blickte hoch und sah, daß die Sonne hinter einer großen grauen Wolke verschwunden war, die Vorhut einer Schlechtwetterfront, die von Westen heranfegte.

«Aus und vorbei», sagte Eustace. «Das Schönste vom Tag hätten wir hinter uns. Bis heute abend wird es regnen.» Er sah auf seine Uhr. «Es ist fast vier, Zeit, daß ich nach Hause komme. Wie kommst du zurück?»

«Zu Fuß, denke ich.»

«Soll ich dich fahren?»

«Hast du ein Auto?»

«Ich hab einen Landrover, er steht an der Kirche.»

«Ist es ein Umweg für dich?»

«Nein. Ich kann über die Heide nach Lanyon zurückfahren.»

«Schön, wenn du meinst...»

Auf der Fahrt nach Haus Wheal versank Virginia in Schweigen. Aber es war ein natürliches, kameradschaftliches Schweigen, ganz behaglich, und es hatte nichts damit zu tun, daß sie schüchtern war oder ihr nichts einfiel, was sie sagen könnte. Sie konnte sich nicht erinnern, wann sie sich je mit einem Menschen so unbefangen gefühlt hatte – schon gar nicht mit einem Mann, den sie erst so kurze Zeit kannte. Der Landrover war ein altes Vehikel, die Sitze waren schäbig und staubig, auf dem Fußboden lagen Strohreste, und es roch leicht nach Mist. Virginia störte das nicht im geringsten, es gefiel ihr vielmehr, weil es zu Penfolda gehörte.

Ihr wurde klar, daß sie sich mehr als alles andere wünschte, dorthin zurückzukehren, den Hof und die Felder bei Tageslicht zu sehen, das Vieh zu besichtigen und sich herumführen zu lassen, vielleicht den Rest des Bauernhauses sehen zu dürfen und zum Tee in der beneidenswerten Küche eingeladen zu werden. Dazuzugehören.

Sie kamen den Hügel hinter der Stadt hinauf, wo man sämtliche Häuser des alten Wohnviertels zu Hotels umgestaltet hatte. Die Gärten waren eingeebnet und in Parkplätze verwandelt worden, und die Häuser hatten verglaste Veranden. Wintergärten und Palmen hoben sich düster gegen den grauen Himmel ab, und städtische Blumenbeete waren mit schnurgeraden Reihen von Narzissen bepflanzt.

Hoch über der See wurde die Straße eben. Eustace schaltete in den höchsten Gang und sagte: «Wann fährst du wieder nach London?»

«Ich weiß nicht. Ungefähr in einer Woche.»

«Möchtest du noch einmal nach Penfolda kommen?»

Dies war das zweite Mal an diesem Tag, daß er ihr anbot,

was sie sich am meisten wünschte. Sie fragte sich, ob er übersinnliche Kräfte hatte.

«Ja, liebend gern.»

«Meine Mutter war sehr angetan von dir. Sie bekommt nicht oft ein neues Gesicht zu sehen. Sie würde sich freuen, wenn du zum Tee zu ihr kommen würdest.»

«Das tu ich gern.»

«Wie willst du nach Lanyon kommen?» fragte Eustace, die Augen auf die Straße gerichtet.

«Ich könnte mir Alice' Wagen borgen. Sie gibt ihn mir bestimmt, wenn ich sie frage. Ich würde sehr vorsichtig sein.»

«Kannst du Auto fahren?»

«Natürlich. Sonst würde ich mir doch den Wagen nicht ausleihen.» Sie lächelte ihn an. Nicht weil es ein Witz sein sollte, sondern weil sie sich mit einemmal so wohl fühlte.

«Schön, ich geb dir Bescheid», sagte Eustace auf seine bedächtige Art. «Ich frage meine Mutter, an welchem Tag es ihr am besten paßt, und ruf dich an, einverstanden?»

Sie stellte sich vor, wie sie auf den Anruf wartete, wie das Telefon läutete, wie sie Eustace' Stimme in der Leitung hörte. Sie strahlte innerlich vor Glück.

«In Ordnung.»

«Weißt du die Nummer?»

«Porthkerris drei-zwo-fünf.»

«Die kann ich mir merken.»

Sie waren an Haus Wheal angekommen. Er bog durch das weiße Tor und brauste die Zufahrt zwischen den Steinbrechhecken hinauf.

«Da wären wir!» Er bremste mit einem scharfen Ruck, daß der Kies aufspritzte. «Heil zu Hause angekommen, gerade rechtzeitig zum Tee.»

«Vielen Dank.»

Er lehnte sich aufs Lenkrad und lächelte. «Keine Ursache.»

«Danke für alles. Für das Eis und alles.»

«Gern geschehen.» Er griff vor ihr her und öffnete ihr die Tür. Virginia sprang auf den Kies hinunter. Just in diesem Augenblick ging die Haustür auf, und Mrs. Parsons erschien in einem himbeerroten Wollkostüm und einer weißen Seidenbluse mit einer akkuraten Schleife am Hals.

«Virginia!»

Virginia drehte sich um. Ihre Mutter kam auf sie zu, makellos wie immer, doch ihre kurzen dunklen Haare flogen unbekümmert im Wind. Sie waren an diesem Nachmittag offensichtlich nicht in Form gebracht worden.

«Mutter!»

«Wo bist du gewesen?» Das Lächeln war freundlich, interessiert.

«Ich dachte, du warst beim Friseur.»

«Das Mädchen, das mich immer bedient, liegt mit einer Erkältung im Bett. Sie haben mir natürlich ein anderes Mädchen angeboten, aber das war die, die sonst immer die Haare auf dem Boden zusammenkehrt, und da habe ich dankend abgelehnt.» Immer noch lächelnd, sah sie an Virginia vorbei zu dem wartenden Eustace. «Und wer hat dich zurückgebracht?»

«Oh, Eustace Philips...»

Eustace beschloß auszusteigen. Er sprang auf den Kies und kam vor dem Landrover herum, um sich vorstellen zu lassen. Virginia betrachtete ihn nun mit den Augen ihrer Mutter und haßte sich dafür; die breiten, kräftigen Schultern unter dem Seemannspullover, das sonnengebräunte Gesicht, die starken, schwieligen Hände.

Mrs. Parsons begrüßte ihn freundlich. «Guten Tag.»

«Hallo», sagte Eustace und sah ihr in die Augen, ohne zu blinzeln. Sie hatte die Hand halb ausgestreckt, aber Eustace sah sie entweder nicht, oder er zog es vor, sie zu ignorieren.

Mrs. Parsons ließ die Hand sinken. Ihr Verhalten wurde eine winzige Spur kühler.

«Wo hat Virginia Sie kennengelernt?» Die Frage war arglos, ja schelmisch gemeint.

Eustace lehnte sich an den Landrover und verschränkte die Arme. «Ich wohne in Lanyon, ich bewirtschafte Penfolda...»

«Natürlich, das Grillfest. Ja, ich habe alles darüber gehört. Wie nett, daß ihr euch heute wiedergetroffen habt.»

«Rein zufällig», sagte Eustace bestimmt.

«Oh, um so netter!» Sie lächelte. «Wir wollen gerade Tee trinken, Mr. Philips. Möchten Sie uns Gesellschaft leisten?»

Eustace schüttelte den Kopf. Seine Augen ließen ihr Gesicht nicht los. «Siebzig Kühe warten auf mich, um gemolken zu werden. Ich muß nach Hause...»

«Oh, natürlich. Ich möchte Sie nicht von der Arbeit abhalten.» Sie sprach im Ton der Dame des Hauses, die den Gärtner entläßt, aber noch lächelte sie.

«Das würde ich auch nicht zulassen», sagte Eustace und stieg wieder ein. «Auf Wiedersehen, Virginia.»

«Oh. Auf Wiedersehen», sagte Virginia matt. «Und danke fürs Nachhausebringen.»

«Ich ruf dich an.»

«Ja, tu das.»

Er nickte ihr ein letztes Mal zu, dann ließ er den Motor an, legte den ersten Gang ein, und ohne einen Blick zurück sauste er die Zufahrt hinunter und verschwand. Virginia und ihre Mutter blieben in einer Staubwolke zurück und starrten ihm nach.

«Na so was!» sagte Mrs. Parsons lachend, aber sichtlich gereizt.

Virginia sagte nichts. Es gab nichts zu sagen.

«So ein uriger junger Mann! Ich muß schon sagen, hier

unten begegnet man allen möglichen Typen. Weswegen will er dich anrufen?»

Ihr Tonfall besagte, daß Eustace Philips so etwas wie ein Witz sei, ein Witz, den sie und Virginia gleichermaßen komisch fanden.

«Er meinte, ich könnte vielleicht nach Lanyon kommen und mit seiner Mutter Tee trinken.»

«Ach wie schön, eine richtige Landhausidylle!» Es begann ganz leicht zu regnen. Mrs. Parsons betrachtete den bedeckten Himmel und schauderte. «Wieso stehen wir hier draußen im Wind? Komm, der Tee wartet...»

Virginia hatte das Schaudern ihrer Mutter nicht weiter beachtet, doch am nächsten Morgen klagte Mrs. Parsons über Unwohlsein, sie habe eine Erkältung, sagte sie, eine Magenverstimmung, sie werde im Haus bleiben. Da das Wetter ohnehin schrecklich war, fand niemand etwas dabei. Alice machte im Wohnzimmer Feuer, und dort ruhte Mrs. Parsons auf dem Sofa, eine leichte Mohairdecke auf den Knien.

«So schlecht fühle ich mich nun auch wieder nicht», sagte sie zu Virginia, «ihr könnt ruhig gehen, du und Alice, ihr braucht auf mich keine Rücksicht zu nehmen.»

«Was meinst du damit, wir können ruhig gehen? Wohin?»

«Nach Falmouth. Zum Mittagessen ins Haus Pendrane.» Virginia machte ein verständnisloses Gesicht. «Liebes, schau nicht so dämlich. Mrs. Menheniot hat uns vor einer Ewigkeit eingeladen. Sie möchte uns den Garten zeigen.»

«Mir hat keiner was gesagt», sagte Virginia. Sie wollte nicht. Es würde ein Tagesausflug werden, nach Falmouth und zurück, zu Mittag essen und den langweiligen Garten besichtigen. Sie wollte hierbleiben, beim Telefon, und auf Eustace' Anruf warten.

«Dann sage ich es dir jetzt. Du mußt dich umziehen. Du kannst nicht in Jeans zum Mittagessen gehen. Willst du nicht die hübsche blaue Bluse anziehen, die ich dir gekauft habe? Oder den Kilt? Mrs. Menheniot findet deinen Kilt bestimmt lustig.»

Wäre sie eine andere Mutter gewesen, hätte Virginia sie gebeten, auf das Telefon aufzupassen und ihr auszurichten, wenn jemand für sie anrief. Aber ihre Mutter konnte Eustace nicht leiden. Sie fand ihn unmanierlich, ungehobelt, und mit ihrer ironischen Bemerkung von der Landhausidylle hatte sie ihm offiziell den Stempel ihrer Mißbilligung aufgedrückt. Seit seiner Abfahrt war sein Name nicht erwähnt worden, und als Virginia gestern beim Abendessen mehr als einmal versucht hatte, Alice und Tom von ihrer zufälligen Begegnung zu erzählen, riß ihre Mutter jedesmal rigoros das Gespräch an sich und unterbrach es, wenn nötig, um es in genehmere Bahnen zu lenken. Während Virginia sich umzog, ging sie mit sich zu Rate, was sie tun sollte.

Als sie schließlich den Schottenrock und einen kanariengelben Pullover angezogen und die dunklen Haare gebürstet hatte, bis sie glänzten, ging sie zu Mrs. Jilkes in die Küche. Mrs. Jilkes war ihre Freundin geworden. An einem regnerischen Nachmittag hatte sie Virginia beigebracht, Hörnchen zu backen und sie gleichzeitig freimütig mit Informationen hinsichtlich der Gesundheit und Langlebigkeit von Mrs. Jilkes' zahllosen Verwandten gefüttert.

«Tag, Virginia.»

Sie war dabei, Pasteten zu füllen. Virginia schnappte sich einen Happen und begann geistesabwesend zu essen.

«Nicht doch! Sonst sind Sie ja schon satt und haben keinen Platz mehr fürs Mittagessen.»

«Ich wünschte, ich müßte da nicht hin. Mrs. Jilkes, wenn ein Anruf für mich kommt, würden Sie ihn entgegennehmen?»

Mrs. Jilkes verdrehte mit gezierter Miene die Augen. «So

so, Sie erwarten einen Anruf? Wohl von einem jungen Mann, wie?»

Virginia wurde rot. «Hm, ja, stimmt. Aber Sie passen auf, ja?»

«Keine Bange, meine Liebe. Ah, Mrs. Lingard ruft... wird Zeit, daß Sie losfahren. Und ich sehe nach Ihrer Mutter und bringe ihr mittags ein Tablett mit einem Happen zu essen rein.»

Sie waren erst um halb sechs wieder zu Hause. Alice ging sofort ins Wohnzimmer, um sich nach Rowena Parsons' Befinden zu erkundigen und ihr alles zu berichten, was sie getan und gesehen hatten. Virginia war auf dem Weg zur Treppe, aber kaum hatte sich die Wohnzimmertür geschlossen, machte sie kehrt und sauste durch den Küchenflur.

«Mrs. Jilkes!»

«Wieder zurück?»

«Ist ein Anruf gekommen?»

«Ja, das Telefon hat zwei-, dreimal geläutet, aber Ihre Mutter hat abgenommen.»

«Mutter?»

«Ja, sie hat sich den Apparat ins Wohnzimmer umstellen lassen. Sie müssen sie fragen, ob jemand für Sie angerufen hat.»

Virginia ging aus der Küche, über den Flur zurück, durch die Diele und ins Wohnzimmer. Über Alice Lingards Kopf hinweg suchten ihre Augen den Blick ihrer Mutter und hielten ihn fest. Mrs. Parsons lächelte.

«Liebling! Ich habe schon alles gehört. War es lustig?»

«Ganz nett.» Sie wartete, um ihrer Mutter die Möglichkeit zu geben, ihr auszurichten, daß ein Anruf für sie gekommen war.

«Ganz nett? Mehr nicht? Soviel ich weiß, war Mrs. Menheniots Neffe da?»

«...Ja.»

Schon war das Bild des kinnlosen jungen Mannes so verschwommen, daß sie sich kaum an sein Gesicht erinnern konnte. Vielleicht würde Eustace morgen anrufen. Er konnte heute nicht angerufen haben. Virginia kannte ihre Mutter. Sie wußte, daß Mrs. Parsons trotz aller Mißbilligung solchen Verpflichtungen wie dem Ausrichten von Telefonanrufen äußerst korrekt nachkam. Mütter waren so. Sie mußten so sein. Denn wenn sie sich in ihrem Leben nicht nach dem Verhaltenskodex richten würden, den sie predigten, hätten sie jedes Recht auf das Vertrauen ihrer Kinder verloren. Und ohne Vertrauen konnte es keine Zuneigung geben. Und wo keine Zuneigung war, da war nichts.

Am nächsten Tag regnete es. Den ganzen Vormittag. Virginia saß in der Diele am Kamin, tat, als lese sie ein Buch, und stürzte jedesmal ans Telefon, wenn es klingelte. Es war nie für sie, es war nie Eustace.

Nach dem Mittagessen bat ihre Mutter sie, nach Porthkerris zur Apotheke zu gehen und ein Rezept einzulösen. Virginia sagte, sie wolle nicht gehen.

«...es gießt in Strömen.»

«Ein bißchen Regen wird dir nicht schaden. Und die Bewegung tut dir gut. Du hast den ganzen Tag im Haus gesessen und dieses alberne Buch gelesen.»

«Es ist kein albernes Buch.»

«Egal, aber du hast gelesen. Zieh dir Gummistiefel und einen Regenmantel an, dann merkst du den Regen gar nicht...»

Widerspruch war sinnlos. Mit resignierter Miene holte Virginia ihren Regenmantel. Als sie auf dem Bürgersteig, der dunkelgrau war unter den tropfenden Bäumen, zur Stadt stapfte, versuchte sie sich das Undenkbare vorzustellen, daß Eustace sie nie anrufen würde.

Er hatte gesagt, er würde ganz bestimmt anrufen, aber alles

hing wohl davon ab, was seine Mutter sagte, wann sie Zeit hatte, wann Virginia sich das Auto borgen und nach Lanyon fahren konnte.

Vielleicht hatte Mrs. Philips es sich anders überlegt. Vielleicht hatte sie gesagt: «Also wirklich, Eustace, ich habe keine Zeit für Teegesellschaften ... was hast du dir dabei gedacht, als du ihr sagtest, sie kann hierherkommen?»

Vielleicht hatte aber auch Eustace es sich anders überlegt, nachdem er Virginias Mutter begegnet war. Es hieß ja, wenn man wissen wollte, wie ein Mädchen später als Frau sein würde, brauche man nur ihre Mutter anzusehen. Vielleicht hatte Eustace nicht gefallen, was er sah. Sie erinnerte sich an den Trotz in seinen blauen Augen und an die bitteren letzten Sätze.

«Ich möchte Sie nicht von der Arbeit abhalten.»

«Das würde ich auch nicht zulassen.»

Vielleicht hatte er vergessen anzurufen. Vielleicht hatte er es sich reiflich überlegt. Oder vielleicht – und das war entmutigend – hatte Virginia seine Freundlichkeit mißdeutet, alle ihre Probleme auf ihn abgewälzt und sein Mitgefühl erregt. Vielleicht war das alles. Sie tat ihm nur leid.

Aber er hat gesagt, er würde anrufen. Er hat es gesagt.

Sie löste das Rezept ein und machte sich wieder auf den Heimweg. Es regnete immer noch. Gegenüber der Apotheke, auf der anderen Straßenseite, stand eine Telefonzelle. Sie war leer. Es wäre ganz einfach. Es würde keine Minute dauern, seine Nummer herauszusuchen und zu wählen. Sie hatte ihr Portemonnaie in der Tasche, mit Kleingeld für das Gespräch. *Ich bin's, Virginia,* würde sie sagen, in scherzhaftem Ton, und ihn aufziehen. *Ich dachte, du wolltest mich anrufen!*

Sie stellte sich das Gespräch vor.

«Eustace?»

«Ja?»

«Ich bin's, Virginia.»

«Virginia?»

«Virginia Parsons.»

«Ach ja, Virginia Parsons. Was willst du?»

Doch an dieser Stelle verließ sie der Mut, und Virginia überquerte nicht die Straße zur Telefonzelle, sondern ging den Hügel hinauf, den Regen im Gesicht und die Tabletten für ihre Mutter in der Tasche ihres Regenmantels.

Als sie zur Haustür hereinkam, hörte sie das Telefon klingeln, doch bis sie die Gummistiefel ausgezogen hatte, war es verstummt, und als sie ins Wohnzimmer kam, legte ihre Mutter gerade den Hörer auf.

Sie hob die Augenbrauen, als sie ihre atemlose Tochter erblickte.

«Was ist mit dir?»

«Ich... ich dachte, es könnte für mich sein.»

«Nein. Da hatte sich jemand verwählt. Hast du meine Tabletten, Schätzchen?»

«Ja», sagte Virginia matt.

«Lieb von dir. Und der Spaziergang hat dir gutgetan, das sehe ich dir an. Du hast wieder ganz rote Backen.»

Am nächsten Tag verkündete Mrs. Parsons aus heiterem Himmel, sie müßten nach London zurück. Alice war erstaunt. «Aber Rowena, ich dachte, ihr würdet noch mindestens eine Woche bleiben.»

«Mein Herz, wir würden liebend gerne noch bleiben, aber du weißt ja, wir haben einen aufregenden Sommer vor uns, und es gibt eine Menge zu organisieren. Wir können unmöglich noch eine Woche hier herumsitzen und uns amüsieren, so gern ich es möchte.»

«Dann bleib wenigstens noch übers Wochenende.»

Ja, bleib übers Wochenende, betete Virginia. *Bitte, bitte, bitte, bleib übers Wochenende.*

Aber es nützte nichts. «Oh, nur zu gerne, aber wir müssen nach Hause... spätestens Freitag, leider. Ich muß gleich Plätze im Zug reservieren.»

«Wie schade, aber wenn es dir wirklich ernst ist...»

«Ja, mein Herz, es ist mir wirklich ernst.»

Mach, daß er sich erinnert. Mach, daß er anruft. Es bleibt mir keine Zeit mehr, nach Penfolda zu fahren, aber ich könnte ihm wenigstens auf Wiedersehen sagen, ich würde wissen, daß es ihm ernst war... vielleicht kann ich sagen, daß ich ihm schreibe, vielleicht kann ich ihm meine Adresse geben.

«Liebes, du solltest deine Sachen packen. Laß nichts liegen, es wäre lästig für die arme Alice, ein Päckchen hinterherschikken zu müssen. Vergiß deinen Regenmantel nicht.»

Heute abend. Heute abend ruft er an. Er wird sagen, tut mir leid, aber ich bin weggewesen; ich hatte so viel zu tun, daß ich keine Minute Zeit hatte; ich war krank.

«Virginia! Komm, trag dich ins Gästebuch ein! Hier, unter meinem Namen. O Alice, meine Liebe, es waren herrliche Ferien bei euch. Die reine Wonne. Wir haben es beide sehr genossen, nicht wahr, Virginia? Schade, daß wir wegmüssen.»

Sie reisten ab. Alice fuhr sie zum Bahnhof, begleitete sie bis zu ihrem Erster-Klasse-Abteil, wo die Eckplätze für sie reserviert waren. Der Gepäckträger wurde angesichts von Mrs. Parsons' teurem Reisegepäck ganz ehrerbietig.

«Komm bald wieder», sagte Alice, als Virginia sich aus dem Fenster beugte, um ihr einen Kuß zu geben.

«Ja.»

«Es war schön, dich bei uns zu haben.»

Es war die letzte Chance. *Sag Eustace, ich mußte weg. Sag ihm für mich Lebewohl.* Die Pfeife schrillte, der Zug setzte sich in Bewegung. *Ruf ihn an, wenn du nach Hause kommst.*

«Auf Wiedersehen, Virginia.»

Grüß ihn von mir. Sag ihm, ich liebe ihn.

Bis Truro war ihr Jammer so offensichtlich, mit Schniefen und Schluchzen und Tränen, daß ihre Mutter es nicht mehr übersehen konnte.

«Oh, Liebes.» Sie legte ihre Zeitung hin. «Was fehlt dir?»

«Nichts.» Virginia stand mit verquollenem Gesicht am Fenster, ohne etwas zu sehen.

«Aber dir fehlt doch etwas.» Sie legte ihre Hand sachte auf Virginias Knie. «War es dieser junge Mann?»

«Welcher junge Mann?»

«Der junge Mann in dem Landrover, Eustace Philips? Hat er dir das Herz gebrochen?» Virginia konnte vor lauter Weinen nicht antworten. Ihre Mutter fuhr fort, beruhigend, gütig: «Sei nicht so unglücklich. Es ist wohl das erste Mal, daß ein Mann dir weh getan hat, aber ich kann dir versichern, es ist bestimmt nicht das letzte Mal. Glaub mir, die Männer sind selbstsüchtige Kreaturen.»

«Eustace war nicht so.»

«Nein?»

«Er war lieb. Er ist der einzige Mann, den ich wirklich gemocht habe.» Sie putzte sich kräftig die Nase und sah ihre Mutter an. «Du konntest ihn nicht leiden, nicht?»

Mrs. Parsons war einen Moment sprachlos über diese ungewöhnliche Direktheit. «Nun ja... sagen wir, Typen wie er waren nie mein Fall.»

«Du meinst, es hat dir nicht gepaßt, daß er Landwirt ist?»

«Das habe ich nicht gesagt.»

«Nein, aber das hast du gemeint. Du magst bloß kinnlose Weichlinge wie Mrs. Menheniots Neffen.»

«Ich kenne Mrs. Menheniots Neffen nicht.»

«Nein, aber den hättest du gemocht.»

Mrs. Parsons antwortete nicht sofort. Doch nach einer Weile sagte sie: «Vergiß ihn, Virginia. Jedes Mädchen muß eine unglückliche Liebe haben, ehe sie den Richtigen kennenlernt und schließlich heiratet. Und wir beide werden diesen Sommer viel Spaß haben. Es wäre ein Jammer, es dir zu verderben, indem du etwas nachweinst, das vermutlich gar nicht existiert hat.»

«Ja.» Virginia wischte sich die Augen und steckte das durchweichte Taschentuch in ihre Handtasche.

«Braves Mädchen. So, und jetzt keine Tränen mehr.» Und zufrieden, weil sie die Wogen geglättet hatte, lehnte Mrs. Parsons sich zurück und nahm ihre Zeitung wieder zur Hand. Doch kurz darauf ließ sie, durch irgend etwas beunruhigt, die Zeitung sinken und sah, daß Virginia sie unverwandt beobachtete, mit einem Ausdruck in den dunklen Augen, den sie noch nie gesehen hatte.

«Was ist?»

Virginia sagte: «Er hat gesagt, er würde anrufen. Er hat es versprochen.»

«Und?»

«Hat er angerufen? Ich weiß, du konntest ihn nicht leiden. Hast du den Anruf angenommen und mir nichts gesagt?»

Ihre Mutter zögerte keine Sekunde. «Liebes! Was für eine Anschuldigung! Natürlich nicht. Du hast doch nicht wirklich gedacht...»

«Nein», sagte Virginia matt, als das letzte Fünkchen Hoffnung erstarb. «Nein, das habe ich nicht gedacht.» Sie lehnte die Stirn an die schmierige Fensterscheibe, und die rasende Landschaft strömte mit allem anderen, das geschehen war, für immer fort in die Vergangenheit.

Das war im April. Im Mai traf Virginia sich mit einer alten Schulfreundin, die sie zu einem Wochenende auf dem Lande einlud.

«Ich hab Geburtstag, irre super, Mami hat gesagt, ich kann einladen, wen ich will, du mußt wahrscheinlich auf dem Speicher schlafen, aber das macht dir nichts aus, oder? Unsere Familie ist wahnsinnig unorganisiert.«

Virginia hielt dies alles für etwas übertrieben. Sie nahm die Einladung an. «Wie komme ich hin?»

«Du könntest mit dem Zug fahren, und jemand könnte dich abholen, aber das ist schrecklich umständlich. Ich sag dir was, mein Cousin kommt wahrscheinlich auch, er hat ein Auto und nimmt mich vielleicht mit. Ich frag ihn, ob er noch Platz für dich hat. Du wirst dich wahrscheinlich nach hinten zum Gepäck quetschen oder auf dem Schalthebel sitzen müssen, aber immer noch besser als das Gedränge in der Eisenbahn...»

Erstaunlicherweise hielt sie Wort. Das Auto war ein dunkelblaues Mercedes-Coupé. Nachdem er Virginias Gepäck in dem übervollen Kofferraum verstaut hatte, wurde sie aufgefordert, sich vorne zwischen die Freundin und den Cousin zu zwängen. Der Cousin war groß und blond, mit langen Beinen und einem grauen Anzug, und seine modisch geschnittenen Haare quollen unter der Krempe seines braunen Filzhutes hervor.

Sein Name war Anthony Keile.

6

Müde und abgespannt von der Reise, mit allen Problemen von Bosithick noch vor sich, stieg Virginia in Penzance aus dem Zug. Sie füllte die Lungen mit der kühlen Seeluft und war froh, zurück zu sein. Es war Ebbe, die Luft roch streng nach Seetang. Jenseits der Bucht ragte St. Michael's Mount golden in der Abendsonne auf, und wo kleine Bäche und flache Tümpel mit Meerwasser die Farbe des Himmels reflektierten, war der nasse Sand blau gestreift.

Zum Glück war ein Gepäckträger zur Stelle. Als sie ihm und seinem Karren aus dem Bahnhof folgten, fragte Nicholas: «Wohnen wir hier?»

«Nein, wir fahren nach Lanyon.»

«Womit?»

«Ich hab dir doch gesagt, ich hab mein Auto hier stehenlassen.»

«Woher weißt du, daß es keiner gestohlen hat?»

«Weil ich von hier aus sehen kann, daß es auf uns wartet.»

Es dauerte eine Weile, bis sie ihre ganze Habe auf dem Rücksitz verstaut hatten. Aber am Ende war alles untergebracht, zuoberst der Pappkarton mit den Lebensmitteln. Virginia gab dem Träger ein Trinkgeld, und sie stiegen alle drei vorne ein, Cara in der Mitte, die Tür auf Nicholas' Seite sicher verriegelt.

Virginia hatte das Verdeck zurückgeklappt und sich einen Schal um den Kopf gebunden, aber Cara blies der Wind die Haare nach vorn ins Gesicht.

«Wie lange dauert es, bis wir da sind?»

«Nicht lange, ungefähr eine halbe Stunde.»

«Wie sieht das Haus aus?»

«Wart's nur ab.»

Auf der Hügelkuppe hielt sie an, und sie blickten zurück, um die Aussicht zu betrachten, die herrliche Mount's Bay, still und blau, erfüllt von der Wärme des zu Ende gehenden Tages. Ringsum waren kleine Felder, und die Gräben waren blau von wildem Krätzkraut. Sie fuhren weiter, hinunter in ein kleines Tal mit uralten Eichen und einer Brücke, unter der ein Bach floß, einer alten Mühle und einem Dorf. Dann wand sich die Straße wieder hinauf zur Heide, und unversehens lag der gerade, helle Horizont des Atlantiks vor ihnen, der westlich im Sonnenglast glitzerte.

«Ich dachte, das Meer ist hinter uns», sagte Nicholas. «Ist das noch ein Meer?»

«Scheint so.»

«Ist das unseres? Gehen wir da baden?»

«Ich denke schon.»

«Gibt's da einen Strand?»

«Ich hatte keine Zeit nachzusehen. Auf jeden Fall gibt es viele steile Klippen.»

«Ich will einen Strand. Mit Sand. Du sollst mir einen Eimer und eine Schaufel kaufen.»

«Alles zu seiner Zeit», sagte Virginia. «Eins nach dem anderen, ja?»

«Du sollst mir morgen einen Eimer und eine Schaufel kaufen.»

Sie stießen auf die Hauptstraße und bogen ostwärts ab, parallel zur Küste. Sie ließen Lanyon und die Straße nach Penfolda hinter sich, erklommen den Hügel und kamen zu den windschiefen Weißdornsträuchern, die die Abzweigung nach Bosithick markierten.

«Wir sind da!»

«Aber da ist ja gar kein Haus.»

«Du wirst es gleich sehen.»

Rumpelnd ruckelte das Auto den Feldweg entlang. Von unten klapperte es unheilvoll, rechts und links rückten die hohen Stechginsterbüsche bedrohlich nahe, und Cara, die um die Lebensmittel fürchtete, griff mit einer Hand nach hinten, um den Karton festzuhalten. Sie holperten um die letzte Ecke, fuhren in einer beängstigenden Kurve die Grasböschung hoch und kamen mit einem Ruck zum Stehen. Virginia zog die Handbremse an und stellte den Motor ab. Die Kinder blieben im Auto sitzen und starrten auf das Haus.

In Penzance war kein Wind gegangen, die Luft war mild und warm gewesen. Hier war ein schwaches Wimmern zu hören, und es war kühl. Die zerrissene Wäscheleine bewegte sich im Wind, und das hohe Gras auf der Mauer lag flach wie ein von einer Hand glattgestrichener Pelzmantel.

Und da war noch etwas. Etwas stimmte nicht. Virginia starrte einen Moment in die Luft, versuchte zu ergründen, was es war. Und dann sagte es Cara: «Der Schornstein raucht.»

Virginia fuhr zusammen. Ein unbehaglicher Schauer lief ihr wie kaltes Wasser den Rücken hinunter. Es war, als hätten sie das Haus überrascht, als hätten die namenlosen, ungeahnten Wesen, die es sonst behausten, nicht mit ihnen gerechnet.

Cara spürte Virginias Unruhe. «Was hast du?»

«Nichts.» Sie klang zuversichtlicher, als ihr zumute war. «Ich war nur überrascht. Gehen wir nachsehen.»

Sie stiegen aus. Gepäck und Lebensmittel ließen sie im Auto. Virginia stieß das Tor auf und trat beiseite, um die Kinder vorzulassen, während sie in ihrer Tasche nach dem Schlüsselring kramte.

Sie gingen voran; Nicholas rannte, um zu erkunden, was hinter der Hausecke lag, Cara stapfte vorsichtig, als dringe sie unbefugt hier ein; sie wich einem alten Teppich aus, einem umgefallenen Blumentopf, die Hände fest verschränkt, um ja nicht in Versuchung zu geraten, etwas anzufassen.

Zusammen öffneten sie die Haustür. Als sie nach innen schwang, sagte Cara: «Meinst du, es sind Zigeuner?»

«Zigeuner, wieso?»

«Die das Feuer angemacht haben.»

«Das werden wir gleich sehen...» Der Geruch nach Mäusen und Feuchtigkeit war verschwunden. Das Haus strahlte Frische und Wärme aus, und als sie ins Wohnzimmer traten, fanden sie es erhellt vom Feuerschein. Die ganze Atmosphäre des Hauses war verwandelt, es war nicht mehr düster und bedrückend – im Gegenteil, es wirkte ausgesprochen heiter. Der gräßliche Elektroofen war verschwunden, und am Kamin stand ein großer, bis obenhin mit Brennholz gefüllter Binsenkorb.

Das Feuer und die letzten Sonnenstrahlen, die durch das Westfenster fielen, machten das Zimmer sehr warm. Als Virginia ein Fenster öffnen ging, sah sie durch die offene Küchentür eine Schüssel mit braunen Eiern und eine Milchkanne aus weißer Emaille auf dem Tisch. Sie ging in die Küche und blieb erstaunt mittendrin stehen. Jemand war hier gewesen und hatte saubergemacht. Der Spülstein glänzte, die Gardinen waren gewaschen.

Cara stahl sich hinter ihr herein, immer noch vorsichtig. «Ob das Feen waren?» sagte sie.

«Das waren keine Feen», sagte Virginia lächelnd. «Das war Alice.»

«Tante Alice Lingard?»

«Ja, sie ist ein Schatz, nicht? Sie hat so getan, als paßte es ihr nicht, daß wir nach Bosithick ziehen, und dann geht sie her und macht so etwas. Aber das sieht Alice ähnlich. Sie ist so lieb. Wir müssen morgen zu ihr gehen und uns bedanken. Ich würde sie ja anrufen, bloß, wir haben kein Telefon.»

«Ich mag Telefone sowieso nicht leiden. Und ich will zu ihr gehen. Ich will das Schwimmbad sehen.»

«Wenn du deinen Badeanzug ausgepackt hast, kannst du schwimmen gehen.»

Cara starrte ihre Mutter an. Virginia meinte, sie sei mit ihren Gedanken noch beim Schwimmen, doch zu ihrer Überraschung sagte Cara: «Wie ist sie reingekommen?»

«Wer?»

«Tante Alice. Wir haben doch den Schlüssel.»

«Oh. Sie wird sich bei Mr. Williams einen Ersatzschlüssel geholt haben. Nun, womit wollen wir anfangen?»

Nicholas erschien in der Tür. «Zuerst guck ich mir das ganze Haus an, und dann will ich Tee und was essen. Ich bin am Verhungern!»

«Nimm Cara mit.»

«Ich will bei dir bleiben.»

«Nein.» Virginia gab ihr einen sachten Schubs. «Du gehst mit, und dann sagt ihr mir, wie euch das Haus gefällt. Sagt mir, ob es nicht das komischste Haus ist, das ihr je gesehen habt. Und ich setze Wasser auf, dann kochen wir ein paar Eier, und hinterher holen wir alle Sachen aus dem Auto und packen aus und beziehen die Betten.»

«Sind nicht mal die Betten gemacht?»

«Nein, wir müssen alles selber machen. Wir sind jetzt ganz auf uns gestellt.»

Irgendwie war es ihnen bis zum Abend gelungen, einigermaßen Ordnung zu schaffen, aber bis sie den Schalter für den Heißwasserboiler und den Schrank mit dem Bettzeug gefunden und entschieden hatten, wer in welchem Bett schlief, verging sehr viel Zeit. Nicholas wollte Bohnen mit Tomatensoße auf Toast zum Abendessen, aber sie konnten keinen Toaster finden, und der Grill im Backofen wollte nicht funktionieren; also bekam Nicholas Bohnen auf Brot.

«Wir brauchen Spülmittel und einen Schrubber und Tee und Kaffee...» Virginia kramte nach einem Blatt Papier und einem Stift und begann eifrig eine Einkaufsliste.

Cara plapperte weiter: «... und Seife fürs Badezimmer und Zeug, um die Wanne zu schrubben. Die hat sooo einen gräßlichen Schmutzrand.»

«Und einen Eimer und eine Schaufel», sagte Nicholas.

«Und einen Kühlschrank brauchen wir auch», sagte Cara. «Wir haben nichts, wo wir unsere Eßsachen reintun können, und wenn wir sie einfach rumliegen lassen, wird alles schimmelig.»

Virginia sagte: «Vielleicht können wir uns einen Fliegenschrank leihen», dann fiel ihr ein, wer ihr einen angeboten hatte; daraufhin betrachtete sie stirnrunzelnd ihre Einkaufsliste und wechselte geschwind das Thema.

Als der kleine Boiler schließlich aufgeheizt war, badeten sie in dem dürftigen Badezimmer, Cara und Nicholas zusammen, und dann Virginia rasch, bevor das Wasser kalt wurde. In Bademänteln kochten sie im Feuerschein Kakao...

«Hier gibt's nicht mal einen Fernseher.»

«Oder ein Radio.»

«Oder eine Uhr», sagte Nicholas munter.

Virginia lächelte und sah auf ihre Armbanduhr. «Wenn du es genau wissen willst, es ist zehn nach neun.»

«Zehn nach neun! Wir müßten schon seit einer Ewigkeit im Bett sein.»

«Ist doch ganz egal», sagte sie.

«Egal? Nanny würde einen Knall kriegen!»

Virginia lehnte sich in ihren Sessel zurück, streckte die Beine aus und bewegte die Zehen in der Wärme des Feuers. «Ich weiß», sagte sie.

Als die Kinder im Bett waren, gab sie ihnen einen Kuß, ließ die Tür zur Treppe offen, zeigte ihnen, wo der Lichtschalter war und ging über den schmalen Flur und die zwei Stufen zum Turmzimmer hinauf.

Es war kalt. Sie setzte sich ans Fenster und blickte über die stillen, schattigen Felder hinaus. Die See lag perlgrau im Dämmerlicht, und das Nachglühen des Sonnenuntergangs machte am Himmel lange korallenrosa Streifen. Im Westen hatten sich Wolken aufgebaut. Sie türmten sich am Horizont, mit goldenen und rosigen Lichtstrahlen durchwoben, doch nach und nach verschwanden auch diese letzten Reste von Licht. Die Wolken wurden schwarz, und im Osten schwebte, schmal wie eine Wimper, der Neumond am Himmel.

Eines nach dem anderen blinkten Lichter in der sanften Dunkelheit auf, die ganze Küste entlang, in Bauernhäusern, Cottages und Scheunen. Hier leuchtete ein Fenster, viereckig, gelb. Dort zuckte ein Licht über einen Hof. Die Scheinwerfer eines Autos bohrten sich durch einen Feldweg und bogen in die Hauptstraße nach Lanyon ein. Virginia fragte sich, ob es Eustace Philips auf dem Weg zum Mermaid's Arms sei. Sie fragte sich außerdem, ob er wohl vorbeikommen würde, um zu sehen, wie es ihnen erginge, oder ob er verschlossen und eingeschnappt warten würde, bis Virginia ihm gewissermaßen einen Ölzweig reichte. Sie sagte sich, daß es sich lohnen würde, und sei es nur um der Genugtuung willen, sein Gesicht zu sehen, wenn er feststellte, wie gut sie allein mit Cara und Nicholas zurechtkam.

Doch am nächsten Tag war alles anders.

In der Nacht war der Wind stärker geworden, und die dunklen Wolken, die sich am Vorabend am Horizont zusammengebraut hatten, wurden landeinwärts geweht und brachten schwere Regengüsse mit. Virginia wurde von dem Gurgeln in den Rinnsteinen, dem Trommeln der Regentropfen an die Fensterscheibe aufgeweckt. Ihr Schlafzimmer war so düster, daß sie die Lampe anknipsen mußte, um zu sehen, wie spät es war. Acht Uhr.

Sie stieg aus dem Bett und schloß das Fenster. Die Dielenbretter unter ihren Füßen waren ganz naß. Der Regen verhüllte alles, sie konnte nur wenige Meter weit sehen. Es war, als wäre sie auf einem Schiff, das einsam in einem Meer aus Regen trieb. Sie hoffte, daß die Kinder erst in ein paar Stunden aufwachen würden.

Sie zog eine lange Hose und ihren dicksten Pullover an, ging nach unten und stellte fest, daß der Regen durch den Schornstein gedrungen war und das Feuer gelöscht hatte. Das Zimmer fühlte sich feucht und kühl an. Streichhölzer waren vorhanden, aber keine Feueranzünder; es gab Holzscheite, aber kein Anmachholz. Sie zog einen Regenmantel an, ging durch den Regen in den halbverfallenen Gartenschuppen und fand ein Beil, stumpf von Alter und Mißbrauch. Auf der Steinstufe vor der Haustür zerhackte sie unter beträchtlicher Gefahr ein dickes Scheit zu Anmachholz, nahm dann Zeitungspapier, das zwischen ihre Lebensmittel gestopft gewesen war, und entfachte ein kleines Feuer. Die Späne zersplitterten und knisterten, und nachdem ein paar dunkle Schwaden ins Zimmer gezogen waren, stieg der Rauch in den Schornstein hinauf, wie es sich gehörte. Virginia schichtete Scheite aufs Feuer und überließ es sich selbst.

Cara erschien, als sie Frühstück machte.

«Mami!»

«Hallo, mein Schätzchen.» Sie gab ihr einen Kuß. Cara hatte himmelblaue Shorts an, ein gelbes T-Shirt und ein dünnes Strickjäckchen. «Ist dir warm genug?»

«Nein», sagte Cara. Ihre feinen, glatten Haare waren mit einer Spange zusammengefaßt, ihre Brille saß schief. Virginia rückte sie ihr gerade. «Dann zieh dir wärmere Sachen an. Frühstück ist noch nicht fertig.»

«Aber ich habe keine anderen Sachen. In meinem Koffer ist nichts mehr drin. Nanny hat nichts anderes eingepackt.»

«Das kann ich nicht glauben!» Sie sahen sich an. «Keine Jeans und Regenmäntel und Gummistiefel?»

Cara schüttelte den Kopf. «Sie hat wohl gedacht, hier ist es heiß.»

«Ja, vermutlich», sagte Virginia sanft, während sie Nanny innerlich verfluchte. «Aber man sollte meinen, sie verstünde genug vom Packen, um einen Regenmantel in den Koffer zu tun.»

«Wir haben ja was für den Regen, bloß keine richtigen Regenmäntel.»

Sie machte ein so banges Gesicht, daß Virginia lächelte. «Ist nicht so schlimm.»

«Was machen wir jetzt?»

«Wir müssen euch was zum Anziehen kaufen.»

«Heute?»

«Warum nicht? Bei diesem Wetter können wir sonst nichts unternehmen.»

«Gehen wir Tante Alice besuchen und in ihrem Schwimmbad schwimmen?»

«Das heben wir uns für schöneres Wetter auf. Sie wird es uns nicht übelnehmen.»

Sie fuhren im strömenden Regen nach Penzance. Auf der Hügelkuppe herrschte dichter Nebel. Die Schwaden tanzten im Wind, lockerten sich hier und da und gaben einen Blick auf die Straße frei, schlossen sich dann wieder, so daß Virginia kaum das Ende der Kühlerhaube sehen konnte.

Penzance war überflutet vom Regen, Verkehr und von enttäuschten Urlaubern, die das Wetter von ihrem üblichen Zeitvertreib abhielt. Sie verstopften die Bürgersteige, standen in Ladeneingängen herum, umkreisten ziellos die Ladentische auf der Suche nach etwas, das sie kaufen könnten. Hinter den beschlagenen Fenstern der Cafés und Eisdielen konnte man sie dichtgedrängt an kleinen Tischen sitzen sehen, wo sie gemächlich tranken, schleckten, kauten; sie wollten den unvermeidlichen Moment, wo sie wieder in den Regen mußten, möglichst lange hinausschieben.

Virginia fuhr zehn Minuten herum, bis sie einen Parkplatz fand. Im Regen suchten sie in den verstopften Straßen, bis sie zu einem Geschäft kamen, wo es Ölzeug für Fischer und riesige hüfthohe Gummistiefel, Laternen und Taue zu kaufen gab. Sie gingen hinein, Virginia kaufte Cara und Nicholas Jeans und dunkelblaue Rollkragenpullover, schwarze Regenmäntel und Südwester, in denen die Kinder fast ganz verschwanden. Die neuen Regenmäntel und Südwester zogen sie gleich an, das übrige wurde in braunes Papier gepackt. Virginia nahm das Päckchen, bezahlte und ging mit den Kindern, die in ihren neuen Mänteln steif wie Roboter und durch die Krempen ihrer Hüte fast blind waren, wieder auf die Straße.

Es goß immer noch. «Ich will jetzt nach Hause», sagte Cara.

«Da wir schon mal hier sind, können wir Fisch oder Fleisch kaufen. Und Kartoffeln, Möhren oder Erbsen haben wir auch keine. Vielleicht gibt es hier einen Supermarkt.»

«Ich will einen Eimer und eine Schaufel», sagte Nicholas.

Virginia tat, als ob sie es nicht hörte. Sie fanden den Supermarkt und reihten sich in die herdengleiche Masse ein: Schlange stehen, aussuchen, warten, bezahlen, die Waren in Einkaufstüten laden und aus dem Laden schleppen.

Die Rinnsteine gluckerten, Wasser ergoß sich aus Regenrinnen.

«Cara, kannst du das wirklich alles tragen?»

«Ja», sagte Cara, die vom Gewicht der Tüte auf eine Seite gezogen wurde.

«Gib Nicholas die Hälfte ab.»

«Ich will einen Eimer und eine Schaufel», sagte Nicholas.

Aber Virginia hatte kein Geld mehr. Sie wollte ihm gerade sagen, er müsse warten, bis sie das nächste Mal einkaufen gingen, aber da hob er das Gesicht unter der Krempe des Südwesters, seine Augen waren riesengroß und füllten sich mit Tränen. «Ich will einen Eimer und eine Schaufel.»

«Kriegst du ja. Aber ich muß zuerst eine Bank finden und Geld holen.»

Die Tränen verschwanden wie durch Zauber. «Ich hab eine Bank gesehen!»

Sie fanden die Bank; auch hier war vor den Schaltern eine Schlange.

Die Kinder setzten sich erschöpft auf eine Lederbank, wie zwei kleine alte Leutchen, das Kinn auf die Brust gesenkt, die Beine vor sich hingestreckt, ohne Rücksicht darauf, daß jemand darüber stolpern könnte. Virginia wartete in einer Schlange, holte dann ihre Scheckkarte hervor und schrieb einen Scheck aus.

«Sind Sie im Urlaub hier?» fragte der junge Kassierer. Virginia staunte, daß er am Ende eines solchen Vormittags noch gutgelaunt sein konnte.

«Ja.»

«Bis morgen klärt es sich auf, Sie werden sehen.»

«Das will ich hoffen.»

Als letztes erstanden sie einen roten Eimer und eine blaue Schaufel. Vollbepackt gingen sie zum Auto; der Weg führte die ganze Zeit bergauf. Nicholas, der mit der Schaufel auf den Eimer schlug wie auf eine Trommel, latschte hinterher. Mehr als einmal mußte Virginia sich umdrehen und auf ihn warten, ihn ermahnen, einen Schritt schneller zu gehen. Schließlich verlor sie die Geduld. «Los, Nicholas, beeil dich!» Eine Passantin hörte den unterdrückten Zorn in ihrer Stimme und sah ihr nach, ihre Miene zeigte höchste Mißbilligung über eine so lieblose, ungeduldige Mutter.

Und dabei war erst ein einziger Vormittag vergangen.

Es regnete immer noch. Endlich langten sie beim Auto an, beluden den Kofferraum mit Paketen, zogen die triefenden Regenmäntel aus, stopften auch sie in den Kofferraum, kletterten in den Wagen, schlugen die Tür zu, unendlich froh, daß sie endlich im Trockenen saßen.

«So», sagte Nicholas, der immer noch mit der Schaufel auf den Eimer einschlug, «weißt du, was ich jetzt will?»

Virginia sah auf ihre Uhr. Es war kurz vor eins. «Essen?» riet sie.

Ich würde am liebsten nach Haus Wheal fahren, wo Mrs. Jilkes das Mittagessen fertig hat und im Wohnzimmer ein fröhliches Feuer flackert und jede Menge Illustrierte und Zeitungen liegen und es den ganzen Nachmittag nichts zu tun gibt.

«Ja, das auch. Aber noch was anderes.»

«Keine Ahnung.»

«Du mußt raten. Du darfst dreimal raten.»

«Hm.» Sie überlegte. «Willst du aufs Klo?»

«Nein. Jetzt noch nicht.»

«Willst du einen Schluck Wasser trinken?»

«Nein.»

«Ich geb's auf.»

«Ich will heute nachmittag an den Strand und graben. Mit meinem neuen Eimer und meiner Schaufel.»

Der junge Mann in der Bank behielt recht mit seiner Wetterprognose. Gegen Abend drehte der Wind, und die Wolken wurden über die Heide fortgetrieben. Zuerst erschienen kleine Flecken am Himmel, dann wurden sie größer und heller, und schließlich brach die Abendsonne durch und ging triumphierend in prächtigen Rosa- und Rottönen unter.

«Ist der Himmel abends rot, hat der Schäfer keine Not», sagte Cara, als sie zu Bett gingen. «Das bedeutet, morgen ist schönes Wetter.»

Und es stimmte.

«Ich will an den Strand und mit meinem Eimer und meiner Schaufel graben», sagte Nicholas.

«Wir gehen ja an den Strand», sagte Virginia bestimmt, «aber zuerst müssen wir zu Tante Alice, sonst denkt sie, wir sind die unhöflichsten und undankbarsten Leute, die sie je gekannt hat.»

«Warum?» fragte Nicholas.

«Weil sie das Haus für uns hergerichtet hat, und wir haben noch nicht mal danke schön gesagt... iß dein Ei auf, Nicholas, es wird sonst kalt.»

«Ich will Cornflakes.»

«Müssen wir erst kaufen», sagte Virginia, und Cara holte Bleistift und Einkaufsliste, und sie schrieben Cornflakes unter Topfkratzer, Erdnußbutter, Zucker, Trockenerbsen, Marmelade, Waschpulver und Käse. Virginia hatte noch nie im Leben so viel eingekauft.

Sie schickte sie spielen, während sie das Frühstücksgeschirr spülte und nach oben ging, um die Betten zu machen. Das Kinderzimmer war mit Kleidungsstücken übersät. Virginia hatte sich immer eingebildet, ihre Kinder seien ordentlich, doch jetzt wurde ihr klar, daß es Nanny gewesen war, die stets hinter ihnen herging und alles aufhob und wegräumte, was sie fallen ließen. Sie sammelte die Sachen auf, wußte nicht, ob sie getragen oder frisch waren, nahm eine Socke von der Kommode und vermied es sorgfältig, eine zerknüllte Papiertüte mit zwei klebrigen Bonbons anzurühren, die in der Ecke lag.

Sie stieß auf einen großen, schweinsledernen Fotorahmen. Er gehörte Cara, und Nanny hatte ihn eingepackt; in welcher Absicht, konnte Virginia nur vermuten. Eine Seite nahm eine Reihe kleiner Fotos ein, viele von Cara selbst aufgenommen, mit mehr Liebe als Kunstfertigkeit angeordnet. Die Hausfront, ziemlich verwackelt; die Hunde, die Landarbeiter auf dem Traktor; eine Luftansicht von Kirkton und ein, zwei Ansichtskarten. Auf der anderen Seite ein eindrucksvolles Porträt von Anthony, im Atelier aufgenommen und scharf ausgeleuchtet, Anthony im Halbprofil, so daß seine Haare weißblond aussahen und sein Kinn kantig und entschlossen wirkte. Der Fotograf hatte den Eindruck eines starken Mannes gehabt, aber Virginia kannte die zusammengekniffenen Augen und den schwachen, hübschen Mund. Und sie sah den gestreiften Kragen des Turnbull and Asher-Hemdes, die diskret gemusterte italienische Seidenkrawatte, und sie dachte daran, welch großen Wert Anthony auf Kleidung gelegt hatte, die ihm genauso wichtig war wie sein Auto, die Einrichtung seines Hauses und sein Lebensstil. Virginia hatte all diese Dinge immer für nebensächlich gehalten und geglaubt, daß sie vom Charakter des einzelnen geprägt würden. Aber bei Anthony Keile war es umgekehrt gewesen. Er hatte den kleinsten Details stets höchste Wichtigkeit eingeräumt, als hätte er erkannt, daß sie die Säulen seines Images waren, ohne die seine unzulängliche Persönlichkeit sich in nichts auflösen würde.

Die Kinderkleider auf dem Arm ging sie nach unten und wusch sie in dem kleinen Waschbecken. Als sie hinausging, um sie auf der zusammengeknoteten Wäscheleine aufzuhängen, traf sie nur Nicholas an, der allein mit seinem roten Traktor, ein paar Kieselsteinen und Grasbüscheln spielte. Er hatte seinen neuen marineblauen Rollkragenpullover an und war bereits vor Hitze puterrot im Gesicht, aber Virginia hütete sich anzudeuten, es sei vielleicht angebracht, den Pullover auszuziehen.

«Was spielst du?»

«Ach, bloß so.»

«Ist das Gras Stroh?»

«Kann sein.»

Virginia hängte die letzte Hose auf. «Wo ist Cara?»

«Drinnen.»

«Sie wird vermutlich lesen», sagte Virginia und ging hinein, sie zu suchen. Aber Cara las nicht; sie saß im Turmzimmer am Fenster und blickte starr über die Felder auf das Meer. Als Virginia in der Tür erschien, wandte sie langsam den Kopf, gedankenverloren, ohne etwas zu erkennen.

«Cara...?»

Die Augen hinter der Brille wurden lebendig. Sie lächelte. «Hallo. Gehen wir jetzt?»

«Ich bin soweit, wenn du soweit bist.» Sie setzte sich neben Cara. «Was machst du? Nachdenken oder die Aussicht betrachten?»

«Beides.»

«Woran hast du gedacht?»

«Ich hab überlegt, wie lange wir wohl hierbleiben...»

«Oh – ungefähr einen Monat, denke ich. Ich hab's für einen Monat gemietet.»

«Aber wir müssen zurück nach Schottland, nicht? Wir müssen wieder nach Kirkton.»

«Ja, wir müssen wieder zurück. Allein schon, weil dort deine Schule ist.» Sie wartete. «Willst du nicht?»

«Kommt Nanny nicht mit?»

«Ich glaube kaum.»

«Das wird komisch, nicht, Kirkton ohne Daddy oder Nanny? Es ist so groß, bloß für uns drei. Ich glaube, darum gefällt mir dieses Haus. Es hat genau die richtige Größe.»

«Ich dachte, du würdest es vielleicht nicht mögen.»

«Ich finde es wunderschön. Und erst dieses Zimmer. So

eins habe ich noch nie gesehen, die Treppe nach unten mittendrin, und so viele Fenster, daß man den ganzen Himmel sieht.» Sie wurde offensichtlich nicht von dem Eindruck geplagt, daß es hier spukte. «Aber warum sind hier gar keine Möbel drin?»

«Ich glaube, es wurde als Arbeitszimmer gebaut. Vor fünfzig Jahren hat hier ein Mann gewohnt, der Bücher geschrieben hat und sehr berühmt war.»

«Wie hat er ausgesehen?»

«Das weiß ich nicht. Ich vermute, er hatte einen Bart, und vielleicht war er sehr unordentlich und hat vergessen, seine Sockenhalter hochzuziehen und hat seinen Anzug falsch geknöpft. Schriftsteller sind oft sehr zerstreut.»

«Wie hat er geheißen?»

«Aubrey Crane.»

«Der war bestimmt nett», sagte Cara, «wenn er sich so ein schönes Zimmer ausgesucht hat. Man kann einfach hier sitzen und alles sehen, was passiert.»

«Ja», sagte Virginia, und sie sahen zusammen auf die Patchwork-Felder, wo Kühe friedlich grasten; das Gras war nach dem Regen smaragdgrün, Mauern und schiefe Torpfosten waren von Brombeersträuchern überwuchert, die in ein, zwei Monaten schwer von süßen, schwarzen Früchten sein würden. Im Westen brummte ein Traktor. Virginia drückte den Kopf an die Fensterscheibe und sah den roten Fleck, knallig wie ein Briefkasten, und den Mann hinter dem Steuer mit einem Hemd, das so blau war wie der Himmel.

«Wer ist das?» fragte Cara.

«Eustace Philips.»

«Kennst du ihn?»

«Ja. Er bewirtschaftet Penfolda.»

«Gehören ihm die ganzen Felder?»

«Ich nehme es an.»

«Wann hast du ihn kennengelernt?»

«Vor langer Zeit.»

«Weiß er, daß du hier bist?»

«Ja, ich glaube schon.»

«Dann kommt er bestimmt mal vorbei, was trinken oder so.»

Virginia lächelte. «Ja, vielleicht. Jetzt komm, kämm dir die Haare und mach dich fertig. Wir gehen Tante Alice besuchen.»

«Soll ich meine Badesachen mitnehmen? Können wir in ihrem Schwimmbad schwimmen?»

«Gute Idee.»

«Ich wünschte, wir hätten ein Schwimmbad.»

«Was, hier? Im Garten wäre kein Platz dafür.»

«Nein, nicht hier. In Kirkton.»

«Das ließe sich ohne weiteres machen», sagte Virginia spontan. «Wenn du wirklich eines willst. Aber laß uns jetzt gehen, sonst haben wir bis zum Mittagessen nichts getan als hier gesessen und geredet.»

Aber als sie nach Haus Wheal kamen, trafen sie nur Mrs. Jilkes an. Virginia hatte geläutet, aber nur der Form halber, dann hatte sie sofort die Tür geöffnet und war, gefolgt von den Kindern, in die Diele getreten. Sie wartete, daß die Hunde bellten und Alice' Stimme «Wer ist da» sagte und Alice in der Wohnzimmertür erschien. Aber alles blieb still, und nur das langsame Ticken der Standuhr neben dem Kamin war zu hören.

«Alice?»

Irgendwo ging eine Tür auf und zu, und Mrs. Jilkes kam über den Küchenflur, wie ein Schiff unter vollen Segeln in ihrer gestärkten weißen Schürze. «Wer ist da?» Sie hörte sich ausgesprochen mürrisch an, bis sie Virginia mit den Kindern sah.

Da lächelte sie. «Oh, Mrs. Keile, haben Sie mich überrascht, ich konnte ja nicht ahnen, daß Sie es waren. Und das sind Ihre Kinder. Gott, sind die niedlich, seid ihr nicht niedlich?» wollte sie im Plauderton von Cara wissen, der so eine Frage noch nie gestellt worden war. Sie überlegte, ob sie «nein» sagen sollte, weil sie wußte, daß sie nicht niedlich war, aber sie war zu schüchtern, um etwas zu sagen. Sie starrte Mrs. Jilkes bloß an.

«Du bist Cara, nicht? Und Nicholas. Wie ich sehe, habt ihr eure Badesachen mitgebracht. Köpfchen in das Wasser, wie?» Sie wandte sich wieder an Virginia. «Mrs. Lingard ist nicht da.»

«Ach.»

«Sie ist weg, seit Sie weg sind. Mr. Lingard mußte zu einem großen Bankett in London, und Mrs. Lingard hat plötzlich beschlossen mitzufahren. Sie sagte, sie war schon eine ganze Weile nicht mehr in London. Aber heute abend ist sie wieder zu Hause.»

Virginia versuchte, daraus schlau zu werden. «Sie meinen, sie ist seit Donnerstag weg?»

«Donnerstag nachmittag ist sie abgefahren.»

«Aber... Bosithick... der Kamin war an, als wir hinkamen, und alles war geputzt, und jemand hatte uns Eier und Milch hingestellt... ich dachte, das war Mrs. Lingard.»

Mrs. Jilkes setzte eine gezierte Miene auf. «Nein. Aber ich will Ihnen sagen, wer es war.»

«Wer?»

«Eustace Philips.»

«Eustace?»

«Nun tun Sie nicht so entsetzt, er hat schließlich nichts Schlimmes getan.»

«Aber woher wissen Sie, daß es Eustace war?»

«Weil er mich angerufen hat», sagte Mrs. Jilkes wichtigtuerisch. «Das heißt, er wollte mit Mrs. Lingard telefonieren, aber weil sie in London war, hab ich mit ihm gesprochen. Er hat gefragt, ob irgend jemand was macht in Bosithick, ehe Sie mit den Kindern hinkommen, und ich hab gesagt, ich weiß nicht, und daß Mrs. Lingard nicht da ist, und er hat gesagt, na macht nichts, ich kümmere mich darum, und das war alles. Hat er's gut gemacht?»

«Soll das heißen, er ist hingegangen und hat das Haus geputzt?»

«O nein. Eustace wüßte ja nicht mal, wo bei einem Staubwedel vorne und hinten ist. Das wird Mrs. Thomas gewesen sein. Die würde die Fliesen vom Fußboden runterschrubben, wenn man sie ließe.»

Cara schob ihre Hand in Virginias. «Ist das der Mann auf dem Traktor, den wir heute morgen gesehen haben?»

«Ja», sagte Virginia verwirrt.

«Aber wird er nicht denken, wir sind schrecklich unhöflich? Wir haben nicht danke gesagt.»

«Ich weiß. Wir müssen heute nachmittag hingehen. Wenn wir zurückkommen, gehen wir nach Penfolda und erklären es.»

Nicholas wurde zornig. «Aber du hast gesagt, ich darf mit meinem Eimer und meiner Schaufel am Strand graben!»

Mrs. Jilkes wußte eine aufsässige Stimme auf Anhieb zu erkennen. Sie beugte sich zu Nicholas hinunter, die Hände auf den Knien, ihr Gesicht dicht vor seinem, ihre Stimme verführerisch.

«Magst du nicht schwimmen gehen? Und wenn du aus dem Wasser kommst, darfst du mit deiner Mami und deiner Schwester hereinkommen und Kartoffelauflauf mit Hackfleisch essen, in der Küche bei Mrs. Jilkes...»

«Aber, Mrs. Jilkes...»

«Nein.» Mrs. Jilkes quittierte Virginias Unterbrechung mit

einem Kopfschütteln. «Es macht keine Umstände. Wartet alles bloß drauf, daß es aufgegessen wird. Und ich hab erst vorhin gedacht, daß das Haus so leer ist und daß ich da drin rumklappere wie eine Erbse in einer Trommel.» Sie strahlte Cara an. «Möchtest du das nicht gerne, mein Schätzchen?»

Sie war so gütig, daß Caras Schüchternheit schmolz. Sie sagte: «Ja, bitte.»

An diesem warmen Sonntagnachmittag spazierten sie querfeldein nach Penfolda, über die Stoppelfelder, wo Virginia erst vor einer Woche den Erntearbeitern zugesehen hatte, und über die Weiden. Über Zauntritte aus Granitstein, die über die Gräben gelegt waren, gelangten sie von einem Feld zum anderen. Als sie sich dem Hof näherten, sahen sie die Entenställe, die Gatter, den betonierten Viehhof, die Melkräume. Die Gatter öffnend und sorgsam hinter sich schließend, überquerten sie das Gelände und kamen in dem alten kopfsteingepflasterten Hof heraus. Sie hörten Schrubbgeräusche, nasse Borsten auf Stein, und Virginia ging zu einer offenen Tür, die in einen Stall mit Boxen führte, und sah einen Mann beim Ausmisten. Eine verblichene blaue Baskenmütze saß hinten auf seinem lockigen grauen Kopf, und er trug eine altmodische Arbeitshose mit Schnallen.

Er bemerkte Virginia und hielt mit Schrubben inne. Sie sagte: «Verzeihung, ich suche Mr. Philips...»

«Er muß hier irgendwo sein... hinterm Haus, glaube ich...»

«Dann gehen wir mal nachsehen.»

Sie gingen durch ein Gatter und einen Weg entlang, der zwischen dem Bauernhaus und dem verwilderten kleinen Garten verlief, wo sie mit Eustace Pastete gegessen hatte. Eine getigerte Katze saß an einem warmen Sonnenplätzchen vor der Haustür. Cara hockte sich hin, um sie zu streicheln, und Virginia klopfte an die Tür. Schritte waren zu hören, die Tür ging auf, und da stand eine kleine rundliche Frau, in ein schwarzes Kleid gezwängt; mit ihrer bedruckten Schürze sah sie aus wie ein neu aufgepolsterter Sessel. Hinter ihr aus der Küche kam ein leckerer Geruch, die Erinnerung an ein herzhaftes Sonntagsmahl.

«Ja?»

«Ich bin Virginia Keile… von Bosithick…»

«O ja…»

Das rosige Gesicht legte sich lächelnd in Falten, die Wangen schoben sich zu zwei kleinen Knubbeln zusammen.

«Sie müssen Mrs. Thomas sein.»

«Stimmt genau… und das sind Ihre Kinder?»

«Ja. Cara und Nicholas. Es tut uns so leid, weil wir nicht früher gekommen sind, um uns bei Ihnen fürs Putzen zu bedanken, und für die Eier und die Milch und das Feuerholz und alles.»

«Ach, das war ich nicht. Ich hab bloß ein bißchen saubergemacht und gelüftet. Eustace hat das Holz hingeschafft, er hat eine Fuhre hinten auf den Traktor geladen… und da hat er auch gleich Eier und Milch dagelassen. Wir dachten, Sie hatten keine Zeit, um alles zu besorgen, bevor Sie nach London gefahren sind… es ist traurig, in ein schmutziges Heim zu kommen; das konnten wir nicht zulassen.»

«Wir wären schon früher gekommen, aber wir dachten, es war Mrs. Lingard…»

«Sie möchten Eustace sprechen, ja? Er ist hinten im Gemüsegarten und gräbt mir einen Eimer Kartoffeln aus.» Sie lächelte auf Cara hinunter. «Magst du die kleine Miezekatze?»

«Ja, die ist süß.»

«Sie hat Junge in der Scheune. Möchtest du sie sehen?»

«Ist ihr das recht?»

«Sie hat nichts dagegen. Kommt mit, Mrs. Thomas zeigt euch, wo's langgeht.»

Sie ging zur Scheune, die Kinder hinterdrein; sie drehten sich kein einziges Mal nach ihrer Mutter um, so begierig waren sie, die Kätzchen zu sehen. Virginia ging den Gartenweg entlang, durch ein mit Efeu überranktes Drehtürchen. Eustace' blaues Hemd war hinter den Erbsenranken zu sehen. Virginia ging hin und fand ihn beim Ausgraben einer Furche Kartoffeln. Rund und glatt wie Meerkiesel steckten sie in der schokoladenbraunen Erde.

«Eustace.»

Er blickte über die Schulter und sah sie. Sie wartete auf ein Lächeln von ihm, aber es kam keines. Sie fragte sich, ob er beleidigt sei. Er richtete sich auf und stützte sich auf den Forkenstiel.

«Hallo.» Er sagte es, als sei er überrascht, sie hier zu sehen.

«Ich bin gekommen, um dir zu danken. Und mich zu entschuldigen.»

Er schob die Forke von einer Hand in die andere. «Entschuldigen, wofür?»

«Ich habe nicht gewußt, daß du das Holz gebracht und Feuer gemacht hast und alles. Ich dachte, es war Alice Lingard. Deswegen sind wir nicht früher hergekommen.»

«Ach das», sagte Eustace, und sie überlegte, ob es noch etwas gab, wofür sie sich entschuldigen sollte.

«Das war schrecklich nett. Die Milch und die Eier und alles. Es sah gleich ganz anders aus.» Sie hielt inne, aus Furcht, unaufrichtig zu klingen. «Aber wie bist du ins Haus gekommen?»

Eustace rammte die Zinken der Forke in die Erde und ging auf Virginia zu. «Wir haben einen Schlüssel hier. Als meine Mutter jungverheiratet war, ist sie manchmal drüben gewesen und hat ein bißchen für den alten Mr. Crane gearbeitet. Seine Frau war krank, meine Mutter hat das Haus geputzt. Er hat ihr einen Schlüssel gegeben, und seither hängt er bei uns an der Garderobe.»

Er blieb neben ihr stehen, sah auf sie hinunter, und plötzlich lächelte er. Seine blauen Augen zogen sich belustigt zusammen, und da wußte sie, daß ihre Befürchtungen nicht gerechtfertigt waren und er ihr nicht böse war. Er sagte: «Du hast also doch beschlossen, das Haus zu nehmen.»

Zerknirscht sagte Virginia: «Ja.»

«Mir war schrecklich zumute, weil ich all die Sachen zu dir gesagt habe und du dich so aufgeregt hast. Ich hab die Beherrschung verloren, das hätte ich nicht tun sollen.»

«Du hattest ja recht. Es war genau, was ich brauchte, um zu einem Entschluß zu kommen.»

«Deswegen habe ich das Feuerholz und die anderen Sachen hingebracht. Das war das mindeste, was ich tun konnte. Du brauchst bestimmt wieder Milch...»

«Könnten wir nicht jeden Tag welche von dir haben?»

«Wenn jemand kommt und sie abholt.»

«Ich kann kommen, oder eines von den Kindern. Ich habe es vorher nicht gewußt, aber über die Felder und die Mauertritte ist es überhaupt keine Entfernung.»

Sie machten sich auf den Weg zum Gatter.

«Sind deine Kinder hier?»

«Sie sind mit Mrs. Thomas Kätzchen angucken.»

Eustace lachte. «Sie werden sich in sie verlieben, mach dich darauf gefaßt. Ein Siamkater aus der Nachbarschaft hat die kleine getigerte Mieze erwischt. So süße Kätzchen hast du noch nie gesehen.» Er hielt Virginia das Gatter auf. «Sie haben blaue Augen und...»

Er blieb stehen, sah über ihren Kopf hinweg, wie Cara und Nicholas langsam, vorsichtig aus der Scheune kamen, die Hände wiegend gewölbt, die Köpfe bewundernd gesenkt. «Was hab ich dir gesagt?» sagte Eustace und schloß das Gatter.

Die Kinder kamen den Wiesenhang heran, knöcheltief, knietief in Wegerich und großen weißen Margeriten. Und ganz plötzlich sah Virginia sie mit neuen Augen, mit Eustace' Augen, als sehe sie sie zum erstenmal. Den blonden Kopf und den dunklen, die blauen Augen und die braunen. Die Sonne flimmerte auf Caras Brille, so daß sie blinkte wie die Scheinwerfer eines kleinen Autos. Die neuen, zu groß gekauften Jeans rutschten ihnen über die Hüften, und Nicholas' Hemd hing über seinen festen, runden kleinen Popo.

Eine plötzliche Aufwallung von Liebe schnürte ihr die Kehle zu, ihre Augen brannten von ungeweinten Tränen. Sie waren so wehrlos, so verletzlich, und aus irgendeinem Grunde kam es so sehr darauf an, daß sie einen guten Eindruck auf Eustace machten.

Nicholas entdeckte seine Mutter. «Guck mal, was wir haben, Mami. Mrs. Thomas hat gesagt, wir dürfen sie nach draußen bringen.»

«Ja», sagte Cara, «sie sind ganz winzig, und sie haben die Augen...» Sie sah Eustace hinter ihrer Mutter und verstummte, blieb auf der Stelle stehen, das Gesicht verschlossen; ihre Augen hinter ihrer Brille musterten ihn.

Aber Nicholas kam heran. «Guck, Mami, du mußt es dir angucken. Es ist ganz pelzig, und es hat winzige Krallen. Aber ich weiß nicht, ob's ein Männchen oder Weibchen ist. Mrs. Thomas sagt, sie kann's nicht erkennen.» Er blickte auf, sah Eustace und lächelte ihm gewinnend ins Gesicht. «Mrs. Thomas hat gesagt, sie saugen nicht mehr an ihrer Mama, die ist zu dünn geworden, sie hat ihnen ein Tellerchen mit Milch hingestellt, und sie schlabbern, und sie haben ganz winzige Zungen», berichtete er Eustace.

Mit seinem langen braunen Finger kraulte Eustace das Kätzchen am Kopf. Virginia sagte: «Nicholas, das ist Mr. Philips, sag schön guten Tag.»

«Guten Tag. Mrs. Thomas hat gesagt, wenn wir eines wollen, dürfen wir eines haben, aber wir müssen dich erst fragen. Ach bitte, Mami, es ist so klein, es kann in meinem Bett schlafen, und ich kann für es sorgen.»

Virginia hatte sämtliche klassischen Argumente parat, die Eltern vorbrachten, die in derselben Situation waren wie sie. *Zu klein, um schon von seiner Mutter getrennt zu werden. Es braucht sie noch, um es zu wärmen. Wir sind nur über die Ferien in Bosithick, stell dir nur vor, wie es auf der Fahrt nach Schottland leiden würde.*

Eustace hatte den Kartoffeleimer abgestellt und ging zu Cara, die ihr Kätzchen an sich gedrückt hielt. Virginia, die mit ihr litt, sah ihn in die Hocke gehen, so daß er auf Caras Höhe war, und sachte ihre Finger lösen. «Du darfst es nicht zu eng halten, sonst kriegt es keine Luft.»

«Ich hab Angst, daß ich es fallen lasse.»

«Du läßt es schon nicht fallen. Es will gucken, was los ist auf der Welt. Es hat noch nie die helle Sonne gesehen.» Er lächelte das Kätzchen an, dann Cara. Und als sie langsam zurücklächelte, vergaß man die häßliche Brille, die gewölbte Stirn und die dünnen Haare und sah nur ihren reizenden Ausdruck.

Kurz darauf schickte er sie die Kätzchen zurückbringen. Zu Virginia sagte er, sie solle draußen in der Sonne bleiben, und er ging mit den Kartoffeln für Mrs. Thomas ins Haus, um nach einer Minute mit einem Päckchen Zigaretten und einer Tafel Schokolade wieder zu erscheinen. Sie legten sich ins hohe Gras, wo sie schon einmal gelegen hatten, und die Kinder kamen hinzu.

Er gab ihnen die Schokolade, aber sprach mit ihnen wie mit Erwachsenen. Was habt ihr gemacht? Was habt ihr gestern gemacht, als es so geregnet hat? Seid ihr schon schwimmen gewesen?

Sie erzählten es ihm, wobei sie sich gegenseitig übertönten; nachdem Cara ihre Schüchternheit überwunden hatte, war sie genau so begierig wie Nicholas, sich mitzuteilen.

«Wir haben Regenmäntel gekauft, und wir sind klitschenaß geworden. Und Mami mußte auf die Bank, Geld holen, und Nicholas hat einen Eimer und eine Schaufel gekriegt.»

«Aber ich war noch nicht am Strand graben!»

«Und heute morgen waren wir bei Lingards schwimmen. In Tante Alice' Schwimmbad. Aber wir sind noch nicht im Meer geschwommen.»

Eustace hob die Augenbrauen. «Ihr seid nicht im Meer geschwommen und nicht am Strand gewesen? Das geht aber nicht!»

«Mami sagt, sie hat keine Zeit...»

«Aber sie hat es mir versprochen.» Als Nicholas sein Kummer wieder einfiel, war er empört. «Sie hat gesagt, heute darf ich mit der Schaufel graben, aber ich war noch gar nicht im Sand.»

Virginia lachte über ihn, worauf er noch zorniger wurde. «Ist doch wahr, und das wünsch ich mir am allermeisten.»

«Schön», sagte Eustace, «wenn du dir das am allermeisten wünschst, wieso sitzen wir dann hier rum und quasseln uns die Seele aus dem Leib?»

Nicholas sah Eustace mit mißtrauisch zusammengekniffenen Augen an. «Du meinst, wir gehen an den Strand?»

«Warum nicht?»

«Jetzt?» Nicholas traute seinen Ohren nicht.

«Möchtest du lieber was anderes machen?»

«Nein, gar nicht.» Er sprang auf die Füße. «Wo gehen wir hin? Nach Porthkerris?»

«Nein, dahin nicht – da ist es gräßlich voll. Wir gehen an unseren Privatstrand, den keiner kennt; der gehört nur zu Penfolda und Bosithick.»

Virginia war verblüfft. «Ich wußte nicht, daß wir einen Strand haben. Ich dachte, da wären bloß Klippen.»

Inzwischen war auch Eustace auf den Beinen. «Ich zeig's euch... kommt, wir fahren mit dem Landrover.»

«Mein Eimer und meine Schaufel sind in unserem Haus.»

«Die holen wir unterwegs ab.»

«Und unsere Badesachen», sagte Cara.

«Die auch.»

Er ging ins Haus, um seine Sachen zu holen, rief Mrs. Thomas etwas zu, ging voraus durchs Tor und über den Hof. Er pfiff, und die Hunde kamen bellend um die Scheune gesaust; sie wußten, der Pfiff bedeutete spazierengehen, Gerüche, Kaninchen, vielleicht ein Bad. Sie kletterten alle mitsamt den Hunden in den Landrover, und Cara, die ihre Scheu jetzt ganz überwunden hatte, kreischte vor Vergnügen, als sie aus dem kopfsteingepflasterten Hof rumpelten und holpernd auf dem Feldweg zur Hauptstraße fuhren.

«Ist es weit?» fragte sie Eustace.

«Überhaupt nicht.»

«Wie heißt der Strand?»

«Jack Carley's Bucht. Und es ist nichts für Babies, nur für große Kinder, die auf sich aufpassen und die Klippe runterklettern können.»

Sie versicherten ihm hastig, daß sie schon groß seien, und Virginia betrachtete Nicholas' Gesicht und sah die Freude und Zufriedenheit, weil ihm endlich vergönnt war, was er sich den ganzen Tag gewünscht hatte. Und er würde es sofort tun. Keiner sagte, vielleicht morgen, oder er solle abwarten oder Geduld haben. Und sie wußte genau, wie ihm zumute war, denn vor langer Zeit hatte Eustace genau dasselbe Wunder für die junge Virginia vollbracht und ihr das Eis gekauft, das sie sich sehnlichst gewünscht hatte, und sie dann aus heiterem Himmel nach Penfolda eingeladen.

7

Sie ließen den Landrover auf dem verlassenen Bauernhof hinter Bosithick stehen und machten sich zu Fuß auf den Weg zum Meer. Anfangs, als es quer über die Felder ging, liefen sie zu viert nebeneinander; Eustace nahm Nicholas an der Hand, damit er nicht zurückblieb. Als aber dann die Felder von Brombeer- und Farngestrüpp abgelöst wurden, gingen sie hintereinander, Eustace voran, über bröckelnde Mäuerchen und einen Bach, wo die Binsen den Kleinen bis an die Schultern reichten. Dann wieder über einen Mauertritt, und da verschwand der Pfad unter wild wucherndem Farnkraut. Nur mühsam bahnten sie sich ihren Weg. Plötzlich fiel der Boden steil ab, und der Pfad führte im Zickzack durchs Unterholz direkt an den Rand der Klippe. Dahinter öffnete sich freier Raum, blaue Luft. Kreisende, schreiende Möwen und das ferne, schäumende Meer.

An dieser Stelle mündete die Küste in einer zerklüfteten Landspitze aus großen Granitbrocken. Dazwischen waren ebene, grüne Grasnarben, mit lila Heidekraut gefleckt, und als die vier den Windungen des Pfades zwischen den Gesteinsbrocken folgten, tat sich nach und nach weit unten eine kleine, geschützte Bucht auf. Über den Felsen war die See purpurn und über dem Sand jadegrün. Der schmale Strand war von den Resten eines alten Deiches begrenzt. Dahinter stieg der Hang bis zum grünen Klippenrand an, von dem ein Süßwasserbach in kleinen Kaskaden herabstürzte. Und oberhalb des Deiches schmiegten sich die Reste einer verfallenen Hütte an den Fuß der Klippe, mit zerbrochenen Fensterscheiben und fehlenden Dachziegeln.

Die vier stellten sich in der sanften Brise nebeneinander und blickten hinunter. Es war ein verwirrendes Gefühl. Virginia fragte sich, ob die Kinder Angst bekämen, aber keines von beiden schien die schwindelerregende Höhe zu beunruhigen.

«Da ist ein Haus», sagte Cara.

«Da hat Jack Carley gewohnt.»

«Wo wohnt er jetzt?»

«Bei den Engeln, nehme ich an.»

«Hast du ihn gekannt?»

«Ja. Er war schon ein alter Mann, als ich ein kleiner Junge war. Er hatte es nicht gern, wenn Leute hierherkamen. Erwachsene Leute. Er hatte einen großen Hund, der hat gebellt und sie weggejagt.»

«Aber du durftest kommen?»

«O ja.» Eustace grinste Nicholas an. «Soll ich dich tragen, oder schaffst du es allein?»

Nicholas spähte über den Klippenrand. Der Pfad verlor sich unter ihm aus dem Blickfeld. Nicholas ließ sich nicht abschrecken.

«Nein, ich will nicht getragen werden. Aber geh du lieber vor.»

Vorneweg aber gingen die Hunde, furchtlos, sicher auf den Beinen wie Ziegen. Die Menschen folgten in behutsamerem Tempo, doch Virginia stellte fest, daß der Weg nicht so gefährlich war, wie er aussah. Der Boden unter den Füßen war hart, und an steilen Stellen hatte man Stufen gebaut, die mit Treibholz unterlegt oder einfach aus Zement gegossen waren.

Viel schneller als erwartet kamen sie heil unten an. Über ihnen ragte die Klippe dunkel und kalt im Schatten auf, doch als sie zum Strand hinunterhüpften und wieder in die Sonne kamen, war der Sand warm, und von dem Häuschen ging ein

Teergeruch aus. Es war nichts zu hören außer den Möwen und das schäumende Meer und das Plätschern des Baches.

Die kleine Bucht hatte etwas Unwirkliches, als seien sie Zeit und Raum entrückt. Die Luft war still, die Sonne brannte, der Sand war weiß und das grüne Wasser glasklar. Die Kinder zogen sich aus und gingen mit Nicholas' Eimer und Schaufel gleich ans Wasser, wo sie sich daranmachten, eine mit Gräben und eimerförmigen Türmen bewehrte Sandburg zu bauen.

«Wenn die Flut kommt, spült sie die ganze Burg weg», sagte Cara.

«Nein, tut sie nicht, weil wir nämlich einen ganz ganz tiefen Graben machen, und dann geht das Wasser da rein.»

«Wenn die Flut höher ist als die Burg, spült sie sie weg.»

Nicholas überlegte. «Ja, aber das dauert eine Ewigkeit.»

Dies war ein Tag, den sie ihr Leben lang nicht vergessen würden. Virginia stellte sich ihre erwachsenen Kinder vor, wie sie sich sehnsüchtig zurückerinnerten.

Es gab dort eine kleine Bucht und eine verfallene Hütte und keine Menschenseele, nur wir und zwei Hunde, und wir mußten einen selbstmörderischen Weg hinunterklettern.

Wer ist mit uns gegangen?

Eustace Philips.

Aber wer war das?

Das weiß ich nicht mehr... er muß Bauer gewesen sein, jemand aus der Nachbarschaft.

Und sie würden sich über Kleinigkeiten streiten.

Dort floß ein Bach.

Nein, das war ein Wasserfall.

Quer über den Strand floß ein Bach von oben herunter. Ich kann mich ganz deutlich erinnern. Und wir haben ihn mit einer Sandbank gestaut.

Einen Wasserfall gab's. Und ich hatte eine neue Schaufel.

Als Flut war, gingen sie alle schwimmen. Das Wasser war klar, salzig und grün und sehr kalt. Virginia hatte ihre Bademütze vergessen, ihre dunklen Haare lagen glatt am Kopf an. Ihr Schatten bewegte sich wie eine seltsame neue Fischart über den steinigen Meeresgrund. Cara im Arm, trieb sie zwischen See und Himmel, die Augen von Wasser und Sonnenschein geblendet. Die Luft war vom Kreischen der Möwen und von dem steten Murmeln der sanften Brandung erfüllt.

Ihr wurde kalt. Die Kinder jedoch zeigten keinerlei Anzeichen von Frösteln, daher ließ sie sie bei Eustace, ging aus dem Wasser und setzte sich in den trockenen Sand.

Sie mußte sich direkt in den Sand setzen, weil sie weder Matten noch übergroße Badetücher mitgebracht hatten. Und auch keinen Kamm und Lippenstift, Kekse oder Strickzeug, keine Thermosflasche mit Tee, keine Strickjacke. Weder Rosinenkuchen noch Schokoladenplätzchen, kein Geld zum Ponyreiten oder für den Eismann.

Schließlich kam Cara mit klappernden Zähnen zu ihr. Virginia hüllte sie in ein Handtuch und trocknete sie sachte ab. «Wenn du so weiter machst, kannst du bald prima schwimmen.»

«Wie spät ist es?» fragte Cara.

Ihre Mutter blinzelte in die Sonne. «Ich schätze, bald fünf... ich weiß es nicht.»

«Wir haben noch nicht Tee getrunken.»

«Nein, und ich glaube, es gibt auch keinen.»

«Keinen Tee?»

«Nur heute, ist doch nicht so schlimm. Nachher gibt's Abendessen.»

Cara zog ein Gesicht, erhob aber keine Einwände. Nicholas dagegen brüllte lautstark, als er feststellen mußte, daß Virginia nichts zu essen mitgenommen hatte.

«Ich hab aber Hunger.»

«Es tut mir leid.»

«Nanny hatte immer Knabberzeug dabei, und du hast nichts.»

«Ich hab's vergessen. Wir hatten es so eilig, und da hab ich nicht an Kekse gedacht.»

«Und was soll ich jetzt essen?»

Eustace schnappte diese letzten Worte auf, als er triefend über den Strand kam. «Was ist los?» Er bückte sich nach einem Handtuch.

«Ich hab solchen Hunger, und Mami hat nichts zu essen mitgenommen.»

«Wie schrecklich», sagte Eustace ohne Mitgefühl.

Nicholas bedachte ihn mit einem langen, vernichtenden Blick, drehte sich um, wollte still schmollend wieder zu seiner Burg. Doch Eustace faßte seinen Arm, zog ihn sachte zurück, drückte ihn an seine Knie und rieb ihn zerstreut mit dem Handtuch ab, ganz so, als ob er einen Hund streichelte.

Virginia sagte beschwichtigend: «Ich glaube, wir müssen sowieso bald gehen.»

«Warum?» fragte Eustace.

«Ich dachte, du müßtest die vielen Kühe melken.»

«Das macht Bert.»

«Bert?»

«Er war heute in Penfolda, die Boxen ausmisten.»

«Ah, ja.»

«Er hat früher bei meinem Vater gearbeitet, jetzt hat er sich zur Ruhe gesetzt, aber er kommt jeden zweiten Sonntag und geht mir zur Hand. Er tut es gern, Mrs. Thomas gibt ihm was Gutes zu essen, und ich habe ein paar Stunden für mich.»

Nicholas ärgerte sich über das sinnlose Geplauder. Er zappelte in Eustace' Händen, sah ihn wütend an. «Ich hab Hunger.»

«Ich auch», sagte Cara wehmütig, wenn auch nicht ganz so vehement.

«Hört mal», sagte Eustace.

Die Kinder spitzten die Ohren. Über den Lärm des Meeres und der Möwen hinweg hörten sie ein anderes Geräusch. Das leise Tuckern eines Motors, das immer näher kam.

«Was ist das?»

«Wart's nur ab.»

Das Geräusch wurde lauter. Bald sahen sie ein kleines offenes Boot um die Landspitze biegen und sich nähern, weiß mit einem blauen Streifen, das in einem weißen Gischtnebel auf den Wellen ritt. Eine gedrungene Gestalt stand am Heck. Langsam schwenkte es in die geschützte Bucht, der Motor erstarb zu einem steten Pochen...

«Na also!» sagte Eustace, zufrieden wie ein Zauberer, dem ein schwieriger Trick gelungen war.

«Wer ist das?» fragte Virginia.

«Das ist Tommy Bassett aus Porthkerris. Er kommt seine Hummerkörbe einsammeln.»

«Aber er hat bestimmt keine Kekse», sagte Nicholas, der sich nicht so leicht ablenken ließ.

«Nein. Aber vielleicht etwas anderes. Soll ich mal nachsehen?»

«O ja.» Es klang zweifelnd.

Eustace ließ Nicholas los, ging über den Sand und watete ins Wasser, tauchte mitten durch eine pfauengrüne Welle und kraulte mit kräftigen, gleichmäßigen Zügen weit hinaus zu dem schaukelnden Boot. Die Hummerkörbe wurden schon an Bord gehievt. Die Fischer leerten einen und warfen ihn zurück, dann sahen sie Eustace kommen, blieben stehen und sahen ihm zu.

«He, Junge!» Seine Stimme wurde auf dem Wasser bis zu ihnen getragen.

Sie sahen Eustace mit den Händen die Dollborde fassen, einen Moment dort hängen, sich dann kräftig abstoßen und aus dem Wasser in das schaukelnde Boot stemmen.

«Ist der aber weit geschwommen», sagte Cara.

Nicholas sagte: «Hoffentlich bringt er keinen Hummer mit.»

«Warum nicht?»

«Weil Hummer Scheren haben.»

Im Boot war offensichtlich eine Unterhaltung im Gange. Doch schließlich stand Eustace auf, und sie sahen, daß er so etwas wie ein Bündel trug. Er kletterte von Bord und schwamm zurück, langsamer diesmal, von seinem geheimnisvollen Bündel behindert. Dieses entpuppte sich wahrhaftig als ein Einkaufsnetz, naß und triefend, und es enthielt ein Dutzend schillernde Makrelen.

Nicholas wollte gerade sagen: «Ich mag keinen Fisch», aber er fing Eustace' Blick auf und hielt den Mund.

«Ich dachte, er könnte vielleicht ein paar haben», erklärte Eustace. «Er wirft meistens eine Angel aus, wenn er zu den Körben rausfährt.» Er lächelte Cara an. «Hast du schon mal Makrelen gegessen?»

«Glaub ich nicht», sagte Cara, «aber daß er dir das Netz gegeben hat!» Das schien ihr viel erstaunlicher als die geschenkten Makrelen. «Will er es nicht wiederhaben?»

«Davon hat er nichts gesagt.»

«Nehmen wir die Fische mit nach Bosithick?»

«Wozu? Nein, wir braten sie hier... kommt, ihr könnt mir helfen.»

Er klaubte sechs oder sieben große Steine auf, rund und glatt, legte sie zu einem Kreis, und mit Streichhölzern, einem alten zerknüllten Zigarettenpäckchen und ein paar Treibholzspänen fachte er ein Feuerchen an, schickte die Kinder weiteres Holz sammeln, und bald hatten sie ein richtiges loderndes Feuer. Und als die Asche grau war und beim Hineinblasen rot aufglühte, legte er die Fische in einer Reihe hinein. Es gab ein Zischen und Knistern, und bald darauf stieg köstlicher Duft auf.

«Aber wir haben keine Messer und Gabeln», sagte Cara.

«Finger gibt es schon viel länger als Gabeln.»

«Aber es ist heiß.»

Cara und Nicholas hockten sich ans Feuer, Kopf an Kopf, nackt bis auf ihre Badehosen und eine dünne Sandschicht. Sie sahen wie Wilde aus und vollkommen zufrieden.

Cara beobachtete Eustace' geschickte Hände. «Hast du das schon mal gemacht?»

«Was, einen Stock geschnitzt?»

«Nein, Feuer gemacht und Fische gebraten.»

«Schon oft. Makrelen kann man nur so zubereiten und essen, frisch aus dem Meer.»

«Hast du das auch gemacht, als du ein kleiner Junge warst?»

«Ja.»

«Hat da der alte Mann gelebt, Jack Carley?»

«Ja. Er ist herausgekommen, hat sich zu uns an den Strand gesetzt. Mit einer Flasche Rum und einer stinkigen alten Pfeife saß er da und spann so haarsträubende Geschichten, daß wir nie recht wußten, ob sie wahr waren.»

«Was für Geschichten?»

«Oh, Abenteuer... er war in der ganzen Welt herumgekommen, hatte alles gemacht. War Koch auf einem Tanker, Holzfäller, hat Straßen und Schienen gebaut, im Bergwerk gearbeitet. Er ist fünf Jahre oder länger in Chile gewesen, hat dort gearbeitet und kam als reicher Mann nach Hause, aber binnen zwölf Monaten war das Geld futsch, und dann zog er wieder los.»

«Aber er ist zurückgekommen.»

«Ja, er ist zurückgekommen. Zurück in Jack Carley's Bucht.» Cara schauderte. «Ist dir kalt?»

«Nanny sagt immer, da geht ein Geist über dein Grab.»

«Dann zieh einen Pullover an, der hält die Geister fern, und gleich ist das Essen fertig.»

Als Virginia ihn mit den Kindern sah, dachte sie daran, wieviel Anthony entgangen war, weil er nie etwas mit ihnen zu tun haben wollte. Wäre Cara hübsch gewesen, vielleicht hätte er sie dann beachtet, Cara, die sich nach Zuwendung und Liebe sehnte und ihren Vater für den wunderbarsten Menschen auf der Welt hielt. Aber sie war unscheinbar und schüchtern, und er hatte sich nie Mühe gegeben zu verbergen, daß er sich ihrer schämte. Und Nicholas... mit Nicholas hätte es anders sein können. Wenn er alt genug gewesen wäre, hätte Anthony ihm Schießen, Golf spielen und Angeln beigebracht, sie wären Kumpel geworden und zusammen herumgezogen. Aber Anthony war tot, und nichts davon würde geschehen, und es tat ihr leid, daß sie sich nie erinnern würden, mit ihm geschwommen zu sein, sie würden nie mit ihm an einem Lagerfeuer hocken, seinen Geschichten lauschen und seinen geschickten Händen zusehen, die Holzspieße schnitzten, um sie statt Gabeln zu benutzen.

Die sinkende Sonne schien direkt auf sie herab, die See flimmerte und blendete. Bald würde es Abend sein und dunkel. Und Jack Carley hatte hier gelebt, so wie Aubrey Crane in Bosithick gelebt hatte. Man sah sie nicht. Man hörte sie nicht. Und wußte doch, daß sie noch da waren.

Diese Gegenwärtigkeit der Vergangenheit war beunruhigend, aber irgendwie natürlich und daher nicht wirklich beängstigend. Und in dieser Gegend konnte man unmöglich als nervöse oder ängstliche Person existieren, denn hinter der Schönheit war es ein wildes Land, und überall lauerte Gefahr. In der tiefen, tückischen See mit ihren Strudeln und unerwarteten Strömungen. Auf den Klippen und in den Höhlen, die so rasch von der Flut abgeschnitten und überspült wurden. Sogar die stillen Felder, über die sie heute nachmittag gegangen waren, verbargen ungeahnte Schrecken; verlassene Minen, tiefe Gruben und Schächte, schwarz wie Brunnen, lagen unter dem Farnkraut verborgen. Und Reste von Fellen und Federn, kleine gebleichte Knochen zeugten von den Füchsen, die in Erdlöchern unter dem Stechginster ihre Lager bauten.

Und wenn es Nacht wurde, hob die Eule zu ihrem Raubvogelgeheul an, und der Dachs kam hervor, um zu graben und zu stöbern. Die Aufregungen der Jagd waren nichts für ihn. Er war es zufrieden, mitten in der Nacht den Deckel eines Mülleimers herunterzustoßen, wobei er ein solches Getöse verursachte, daß die Bauersfrau in kaltem Angstschweiß aufwachte.

«Mami, der Fisch ist gar.» Caras Stimme unterbrach Virginias Gedanken. Sie blickte auf und sah Cara einen Stock hochhalten, ein Stück Fisch gefährlich an der Spitze aufgespießt. «Komm her, nimm es, schnell, bevor es runterfällt!» Ihre Stimme war verzweifelt, und Virginia stand auf, klopfte den Sand von ihrem Badeanzug und ging zu den anderen.

Im Nachglühen der sinkenden Sonne, bei ablandigem Wind, der ihnen kühl in die Gesichter blies, wanderten sie langsam nach Hause. Die Kinder waren schläfrig und still. Nicholas war nicht zu stolz, sich von Eustace huckepack nehmen zu lassen; Virginia trug die nassen Badesachen und Handtücher in dem Einkaufsnetz, in dem zuvor die Makrelen gelegen hatten, und half Cara mit der anderen Hand. Sie waren alle sandig, salzig, zerzaust, ermattet, der Pfad war steil und die Kletterei durch das Farngestrüpp und das tückische Unterholz anstrengend. Doch am Ende langten sie oben auf den Feldern an, und von da an ging es sich leicht. Hinter ihnen reflektierte das im Halblicht schimmernde Meer alle Farben des Himmels, und vor ihnen in der Senke lag Bosithick, und über die Straße dahinter flackerten hin und wieder die Scheinwerfer eines fahrenden Autos.

Einige von Eustace' Kühen waren durch eine Lücke in der Hecke auf das obere Feld gewandert. Braun und weiß ragten sie im Dämmerlicht auf, machten muntere Kaugeräusche und hoben die Köpfe, als die kleine Prozession vorüberging.

Nicholas beugte sich vor und sprach in Eustace' Ohr: «Kommst du mit zu uns?»

Er lächelte. «Zeit, daß ich nach Hause komme.»

«Es wäre schön, wenn du zum Abendessen bleiben würdest.»

«Du hast doch schon zu Abend gegessen.»

«Ich dachte, das war Teezeit.»

«Sag bloß nicht, du hast noch Platz im Bauch.»

Nicholas gähnte. «Nein, vielleicht nicht.»

«Ich koche euch Kakao, den könnt ihr im Bett trinken», versprach Virginia.

«Ja», sagte Nicholas. «Aber es wär schön, wenn Eustace mitkommen und uns was erzählen würde, solange wir baden.»

Cara stimmte ein: «Ja, Mami kann uns Kakao machen, und du kannst uns was erzählen.»

«Ich mach noch mehr», sagte Eustace. «Ich schrubbe euch den Sand vom Rücken.»

Sie kicherten in hellen Tönen, als sei das furchtbar komisch, und sobald sie im Haus waren, rasten sie ins Badezimmer und kabbelten sich um die Wasserhähne. Unheilvolle Spritzgeräusche kamen durch die Tür, und Eustace krempelte die Ärmel auf und ging hinein, um der Tollerei ein Ende zu bereiten. Virginia hörte ihn sagen: «Still jetzt, ihr versenkt das Schiff, wenn ihr nicht aufpaßt.»

Sie überließ ihm die Kinder, ging mit dem Fischnetz in die

Küche, kippte die Badesachen und die sandverkrusteten Handtücher in den Spülstein, wusch sie aus, trug sie in den dunklen Garten, fand tastend die Wäscheleine und hängte die Sachen auf. Sie blähten sich und flatterten im Dunkeln wie Gespenster.

Wieder in der Küche, goß sie Milch in einen Topf, setzte sie auf, blieb, an den Herd gelehnt, dabei stehen, gähnte ein wenig. Sie hob eine Hand an die Augen und merkte, daß ihr Gesicht rauh war von Sand. Sie nahm den kleinen Spiegel und einen Kamm aus ihrer Handtasche, lehnte den Spiegel an ein Bord der Anrichte und versuchte, ihre Haare zu ordnen, aber sie waren steif und verklebt vom Salz und voll Sand. Heimlich wünschte sie, daß es hier eine Dusche zum Haarewaschen gäbe, denn den Kopf unter den Wasserhahn zu halten, war ihr zu umständlich. In dem spärlichen Licht sah ihr Bild sie aus dem runden Spiegel an; sie hatte Sommersprossen auf dem Nasenrücken, aber ihre Augen waren umschattet, dunkel wie zwei Löcher in ihrem Gesicht.

Die Milch im Kochtopf stieg hoch. Sie machte zwei Becher Kakao und stellte sie auf ein Tablett. Auf dem Weg nach oben sah sie, daß das Badezimmer leer war. Eine Spur von nassen Handtüchern und Fußabdrücken führte die Treppe hinauf. Auf dem Flur hörte sie Stimmen. Die Kinderzimmertür stand offen.

Virginia blieb stehen und beobachtete das sich ihr bietende Schauspiel. Eustace saß mit dem Rücken zu ihr auf Caras Bett, die Kinder hockten auf Nicholas' Bett. Alle drei hatten die Köpfe zusammengesteckt, und Eustace bekam eine Führung durch Caras Fotografien geboten.

«Und das ist Daddy. Hier, der große. Sieht er nicht schrecklich gut aus?» Das war Cara, geschwätzig, wie sie sein konnte, wenn sie allen Zwang vergaß. «Und das ist unser Haus in Schottland, das ist mein Schlafzimmer, und das ist

Nicholas' Schlafzimmer, und das ganz oben ist unser Spielzimmer...»

«Das da ist mein Schlafzimmer!»

«Hab ich doch gesagt, du Dummkopf. Und das hier ist Nannys Zimmer, und das ist Mamis Zimmer, aber die hinteren Zimmer kannst du nicht sehen, weil die um die Ecke sind. Und das hier ist eine Luftaufnahme...»

«Die hat ein Mann in einem Flugzeug gemacht...»

«Und das ist der Park und der Fluß. Und das ist der Garten mit der Mauer drum.»

«Und das ist Mr. McGregor auf seinem Traktor, und das ist Bob und das Fergie.»

Eustace kam nicht mehr ganz mit. «Halt mal, wer sind Bob und Fergie?»

«Bob hilft Mr. McGregor, und Fergie hilft dem Gärtner. Fergie kann Dudelsack spielen, und weißt du, wer es ihm beigebracht hat? Sein Onkel. Und weißt du, wie sein Onkel heißt? Monkel.» Triumphierend gab Nicholas die Antwort.

Eustace sagte: «Onkel Monkel.»

«Und das hier ist Daddy beim Skilaufen in St. Moritz, und das sind wir alle zusammen bei der Moorhuhnjagd, aber wir waren bloß beim Picknick dabei, wir sind nicht den Berg raufgegangen. Und dies ist ein Stückchen von dem Fluß, wo wir manchmal schwimmen gehen, aber man darf nicht immer rein, weil es manchmal gefährlich ist, und die Kieselsteine tun an den Füßen weh. Aber Mami hat gesagt, wir können ein Schwimmbad kriegen, wenn wir wieder in Kirkton sind, genauso eines wie Tante Alice hat...»

«Und hier, das ist Daddys Auto, es ist ein ganz großer Jaguar. Es ist ein...» Nicholas stockte. «Es war ein großer Jaguar.» Er endete tapfer: «Ein grüner.»

An dieser Stelle unterbrach Virginia: «Hier ist euer Kakao.»

«O Mami, wir haben Eustace die ganzen Fotos von Kirkton gezeigt.»

«Ja, ich hab's gehört.»

«Das war sehr nett», sagte Eustace. «Jetzt weiß ich alles über Schottland.»

Er stand auf, wie um Virginia aus dem Weg zu gehen, und stellte den Fotorahmen wieder auf die Kommode.

Die Kinder stiegen ins Bett. «Du mußt uns eines Tages mal besuchen kommen. Das soll er doch, ja, Mami? Er kann im Gästezimmer schlafen, ja?»

«Vielleicht», sagte Virginia. «Aber Eustace ist sehr beschäftigt.»

«Stimmt», sagte Eustace. «Hab immer viel zu tun. Und nun», er ging zu der offenen Tür, «gute Nacht.»

«Gute Nacht, Eustace. Und danke, daß du mit uns zum Strand gegangen bist.»

«Träumt nicht von Jack Carley.»

«Wenn ich's doch tu, hab ich keine Angst.»

«So ist's recht. Gute Nacht, Nicholas.»

«Gute Nacht. Bis morgen.»

Virginia bat ihn: «Geh noch nicht. Ich komm in einer Minute runter.»

«Ich warte unten», versprach er.

Der Kakao wurde brav unter Gähnen getrunken. Die Augen fielen ihnen zu. Sie legten sich hin, Virginia gab ihnen einen Gutenachtkuß. Als sie Nicholas küßte, tat er etwas Überraschendes. Dieses sonst so zurückhaltende Kind legte seine Arme um ihren Hals und drückte seine Wange an ihre.

Sie sagte sanft: «Was ist?»

«Da war es schön, nicht?»

«Du meinst an dem kleinen Strand?»

«Nein, das Haus, wo Eustace wohnt.»

«Penfolda.»

«Gehen wir da wieder hin?»
«Aber sicher.»
«Das kleine Kätzchen hab ich gern.»
«Ich weiß.»
«Eustace ist unten.»
«Ja.»
«Dann kann ich euch reden hören.» Seine Stimme drückte höchste Zufriedenheit aus. «Ich hör euch reden, reden, reden.»
«Findest du das gemütlich?»
«Ich glaub schon», sagte Nicholas.
Die Kinder waren fast eingeschlafen, aber Virginia blieb noch bei ihnen, ging rasch im Zimmer umher, las die verstreuten Kleidungsstücke auf, faltete sie zusammen und legte sie, säuberlich wie Nanny, auf die Sitze der zwei wackeligen Korbstühle. Danach schloß sie das Fenster halb, denn die Nachtluft wurde kühl, und zog die dünnen Gardinen zu. Sogleich wirkte das Zimmer im spärlichen Licht der Nachttischlampe behaglich; die einzigen Geräusche waren das Ticken von Caras Uhr und das Atmen der Kinder.

In diesem Augenblick war sie voller Liebe. Zu ihren Kindern, zu diesem seltsamen kleinen Haus, zu dem Mann, der unten auf sie wartete. Und sie hatte auch ein wunderbares Gefühl von Erfüllung, das Gefühl, daß alles richtig war. Es wird das erste Mal sein, dachte sie, daß ich mit Eustace allein bin, mit unendlich viel Zeit. Nur wir beide. Sie würde den Kamin anzünden, die Vorhänge zuziehen und ihm eine Kanne Kaffee machen. Wenn sie wollten, könnten sie die ganze Nacht reden. Sie könnten zusammensein.

Cara und Nicholas waren eingeschlafen. Sie knipste das Licht aus und ging hinunter, wo sie zu ihrer Verwunderung unversehens Dunkelheit umfing. Für einen unglaublichen Augenblick dachte sie, Eustace habe es sich anders überlegt und sei schon gegangen, doch dann sah sie ihn am Fenster stehen; er rauchte und beobachtete, wie das letzte Licht am Himmel erstarb. Ein Schatten dieses Lichts lag auf seinem Gesicht, doch als er ihre Schritte hörte, drehte er sich um, und sie konnte nichts in seinem Gesicht erkennen.

Sie sagte: «Ich dachte, du wärst gegangen.»

«Nein. Ich bin noch da.»

Die Dunkelheit machte Virginia unsicher. Sie knipste die Tischlampe an, die sanftes gelbes Licht verbreitete. Sie wartete, daß er sprach, und als er nichts sagte, nur dastand und rauchte, begann sie, die Stille mit Worten zu füllen.

«Ich ... ich weiß nicht, was mit dem Abendessen ist. Möchtest du etwas? Ich weiß nicht mal, wie spät es ist.»

«Ich brauche nichts.»

«Ich könnte Kaffee kochen.»

«Du hast nicht zufällig eine Dose Bier?»

Sie machte eine hilflose Geste. «Nein, Eustace. Tut mir leid. Ich habe keines gekauft. Ich trinke nie Bier.» Das hörte sich prüde an, als hätte sie etwas gegen Bier. «Ich meine, es schmeckt mir einfach nicht.» Sie lächelte, bemüht, es scherzhaft klingen zu lassen.

«Macht nichts.»

Das Lächeln erstarb. Virginia schluckte. «Möchtest du wirklich keinen Kaffee?»

«Nein, danke.» Er sah sich nach etwas um, wo er seine Zigarette ausdrücken konnte. Sie holte ihm eine Untertasse, stellte sie auf den Tisch, und er zerkrümelte die Kippe, als hätte er einen persönlichen Groll gegen sie.

«Ich muß gehen.»

«Aber ...»

Er drehte sich zu ihr hin, wartete, daß sie zu Ende spreche. Sie verlor den Mut. «Ja. Es war ein schöner Tag. Es war nett von dir, uns deine Zeit zu opfern und uns die Bucht zu zeigen und… alles.» Ihre Stimme klang schrill und förmlich, als ob sie einen Basar eröffnete. «Den Kindern hat es gefallen.»

«Es sind liebe Kinder.»

«Ja. Ich…»

«Wann fährst du nach Schottland zurück?»

Die abrupte Frage, seine kühle Stimme waren erschrekkend. Ihr war plötzlich kalt, in schlimmer Vorahnung rieselte ihr ein Schauder wie eisiges Wasser über den Rücken.

«Ich… ich weiß nicht genau.» Sie griff nach der Rückenlehne eines Holzstuhles und lehnte sich dagegen, als müßte sie sich abstützen. «Warum fragst du?»

«Du wirst zurück müssen.»

Es war eine Feststellung, keine Frage. Sie führte dazu, daß Virginia in mangelndem Selbstvertrauen die schlimmsten Schlüsse zog. Eustace erwartete, ja wünschte, daß sie abreiste. Sie hörte sich mit erstaunlicher Leichtigkeit zu ihm sagen: «Ja sicher, irgendwann. Es ist schließlich mein Zuhause. Die Heimat der Kinder.»

«Ich hatte bis heute abend nicht gewußt, daß es ein so großer Besitz ist.»

«Ach, du meinst Caras Fotos.»

«Aber du hast ja viele Leute, die dir bei der Bewirtschaftung helfen.»

«Ich leite das Gut nicht, Eustace.»

«Solltest du aber. Du solltest etwas von Landwirtschaft lernen. Du würdest staunen, wie vielfältig das ist. Du solltest dich dafür interessieren, etwas Neues anfangen. Eine Herde Aberdeen Angus-Rinder. Hat dein Mann je an so was gedacht? Daß man einen guten Bullen auf dem Markt in Perth für sechzig-, siebzigtausend Pfund verkaufen könnte?»

Es war wie ein Alptraum, verrückt und sinnlos. Sie sagte: «Ist das wahr?», aber ihr Mund war trocken, und die Worte waren kaum zu hören.

«Natürlich. Und wer weiß, eines Tages hast du vielleicht was wirklich Großes aufgebaut, das du an deinen Jungen weitergeben kannst.»

«Ja.»

Er sagte wieder: «Ich muß gehen.» Der Anflug eines Lächelns huschte über sein Gesicht. «Es war ein schöner Tag.»

Doch Virginia erinnerte sich an einen schöneren, einen anderen Tag, den sie mit Eustace verbracht hatte, einen Frühlingsnachmittag mit Sonne und Wind, als er ihr ein Eis kaufte und sie später nach Hause fuhr. Und er hatte versprochen, sie anzurufen, hatte es dann vergessen oder es sich vielleicht anders überlegt. Sie hatte den ganzen Nachmittag gewartet, daß er ihr erzählen würde, was wirklich geschehen war. Sie hatte erwartet, daß er die Vergangenheit zur Sprache bringen würde, vielleicht als Geschichte, an der er die Kinder teilhaben ließ, oder als harmlose Rückschau, zwei alte Freunde, die sich nach Jahren erinnerten. Aber er hatte nichts gesagt. Und nun würde sie es nie erfahren.

«Ja.» Sie ließ den Stuhl los, richtete sich auf, verschränkte die Arme vor der Brust, als wolle sie sich warm halten. «Ein besonderer Tag. Einer von der Art, die man nie vergißt.»

Er ging um den Tisch herum zu ihr, Virginia wandte sich von ihm ab und öffnete die Tür. Kühle Luft, die süß und feucht roch, strömte herein. Die Nacht war von einem saphirblauen Himmel voll leuchtender Sterne überwölbt. Aus der Dunkelheit kam der lange, traurige Schrei eines Brachvogels.

Eustace trat neben sie. «Gute Nacht, Virginia.»

«Gute Nacht, Eustace.»

Und er ging die Stufen hinunter, fort von ihr, über den Mauertritt und über die Felder zu dem alten Bauernhof, wo er seinen Wagen abgestellt hatte. Die Dunkelheit verschluckte ihn. Virginia schloß und verriegelte die Tür, ging in die Küche, spülte die Kakaobecher der Kinder ab, langsam, sorgfältig. Sie hörte seinen Landrover am Tor vorbeiknirschen, den Feldweg zur Hauptstraße entlang, sie hörte das Motorengeräusch immer leiser werden in der stillen Nacht, aber sie blickte kein einziges Mal von ihrem Tun auf. Als die Becher abgetrocknet waren und es nichts mehr zu tun gab, merkte sie, daß sie müde war. Sie knipste die Lampen aus, ging langsam nach oben, zog sich aus und stieg ins Bett. Ihr Körper war erschöpft, doch ihr Kopf fühlte sich an, als hätte sie sich eine Woche lang von schwarzem Kaffee ernährt.

Er liebt dich nicht.

Das habe ich auch nie angenommen.

Aber du warst dabei, es anzunehmen. Seit heute nachmittag.

Dann hab ich mich eben geirrt. Es gibt keine gemeinsame Zukunft für uns. Das hat er mir sehr deutlich zu verstehen gegeben.

Was hattest du denn gedacht, was passieren würde?

Ich hatte gedacht, er würde darüber sprechen können, was vor zehn Jahren passiert ist.

Nichts ist passiert. Und warum sollte er sich noch daran erinnern?

Weil ich mich erinnert habe. Weil Eustace für mich der wichtigste Mensch war, das Allerwichtigste, was mir je passiert ist.

Du hast dich nicht erinnert. Du hast Anthony Keile geheiratet.

Sie hatten im Juli in London geheiratet, Virginia in einem cremefarbenen Satinkleid mit einer zwei Meter langen Schleppe und einem Schleier, der Lady Keiles Großmutter gehört hatte, Anthony in einem grauen Gehrock und einer tadellos geschnittenen gestreiften Hose. Als sie mit einem kleinen Gefolge von bebänderten Brautjungfern aus der St. Michaelskirche am Chester Square traten, läuteten die Glocken, die Sonne schien, und die paar neugierigen Frauen, die gemerkt hatten, daß hier eine Hochzeit stattfand und gespannt warteten, bis das Portal aufging, stießen Oohs und Aahs hervor.

Die Aufregung, der Champagner, die Wonnen, geliebt, beglückwünscht und geküßt zu werden, hielten Virginia in Trab, bis es Zeit war, hinaufzugehen und sich umzuziehen. Ihre Mutter war da, allgegenwärtig, tüchtig, um den Reißverschluß des eng anliegenden Satinkleides zu öffnen, die Nadeln aus dem geliehenen Diadem und dem duftigen Schleier zu lösen.

«Oh, mein Liebes, alles ist wunderbar gelaufen. Und du sahst wirklich bezaubernd aus, aber vielleicht sollte ich so etwas Eingebildetes über mein eigenes Kind gar nicht sagen... Herzchen, du zitterst ja, ist dir kalt?»

«Nein, mir ist nicht kalt.»

«Zieh andere Schuhe an, und ich helf dir in dein Kleid.»

Es war von kräftigem Rosa, mit einem passenden, mit Blütenblättern verzierten Hut, ein reizendes nutzloses Ensemble, das sie nie wieder tragen würde. Sie stellte sich vor, wie sie von der Hochzeitsreise zurückkehrte, immer noch in knisternder Seide und Blütenblättern, die nun ein wenig zerknittert und an den Rändern braun waren. (Aber sie konnten natürlich nicht braun werden, es waren künstliche Blütenblätter...)

«Dein Koffer ist im Kofferraum von Anthonys Wagen. Eine gute Idee, ein Taxi zur Wohnung zu nehmen und den Wagen dort abzuholen. So könnt ihr diesen gräßlichen Unfug mit den Blechdosen und alten Schuhen umgehen.»

Geschrei und Füßegetrappel waren im Flur vor dem Schlafzimmer zu hören. Anthonys Stimme machte ein komisches Geräusch wie ein Jagdhorn. «Horch! Hört sich an, als ob er fertig wäre.» Sie gab Virginia einen energischen Kuß. «Mach's gut, mein Liebling.»

Die Tür öffnete sich, und Anthony stand da, in dem Anzug,

den er speziell für die Reise ausgewählt hatte, und mit einem großen Strohhut auf dem Kopf. Er war ziemlich betrunken.

«Hier bist du! Auf nach Südfrankreich, mein Schatz, deshalb hab ich den Hut auf.»

Mrs. Parsons lachte nachsichtig, nahm ihm den Hut ab, glättete mit ihren langen Fingern seine Haare und zog seine Krawatte gerade. Sie hätte die Braut sein können, nicht Virginia, die diese kleine Zeremonie mit völlig ausdrucksloser Miene beobachtete. Anthony streckte seine Hand nach ihr aus. «Komm», sagte er, «es wird Zeit.»

Der bestellte Wagen, mit Konfetti übersät, brachte sie zur Wohnung der Parsons, wo Anthonys Auto auf sie wartete. Es war geplant, daß sie gleich in seinen Wagen steigen und zum Flughafen fahren sollten, aber Virginia hatte einen Wohnungsschlüssel in ihrer Handtasche, und sie gingen hinein und in die Küche. Virginia band sich eine Schürze vor das rosa Kleid, Anthony setzte sich auf den Tisch und sah ihr zu, als sie ihm einen schwarzen Kaffee aufbrühte.

Man hatte ihnen für die Hochzeitsreise eine Villa in Antibes zur Verfügung gestellt. Am zweiten Tag ihres Aufenthalts hatte Anthony einen alten Freund getroffen, und als die erste Woche um war, kannte er alle und jeden am Ort. Virginia redete sich ein, daß sie dies erwartet, es sich so gewünscht hatte. Anthonys Geselligkeit machte einen Teil seines Charmes aus und gehörte zu den Dingen, die sie von vornherein angezogen hatten. Zudem wurde schon nach einem Tag klar, daß sie sich eigentlich nicht viel zu sagen hatten. Ihre Tischgespräche verliefen ausgesprochen schleppend. Da wurde ihr klar, daß sie bis jetzt nie miteinander allein gewesen waren.

Sie lernten ein englisches Ehepaar kennen; Hugh House war Schriftsteller. Sie hatten ein Haus bei Cap Ferrat gemietet. Janey, seine Frau, war älter als Virginia, und Virginia mochte sie, konnte sich gut mit ihr unterhalten. Als sie einmal vor dem Haus auf der Terrasse saßen und auf die Rückkehr der Männer warteten, die zu den Felsen gegangen waren, hatte Janey gefragt: «Wie lange kennst du Anthony schon, Honey?» Sie hatte als Kind in den Vereinigten Staaten gelebt, und hatte sie auch keinen amerikanischen Akzent, so war ihre Sprache doch mit Worten und Wendungen gespickt, die ihre Herkunft verrieten.

«Nicht lange. Wir haben uns im Mai kennengelernt.»

«Liebe auf den ersten Blick, hm?»

«Ich weiß nicht. Kann schon sein.»

«Wie alt bist du?»

«Achtzehn.»

«Das ist sehr jung, um sich festzulegen. Ich kann mir nicht vorstellen, daß Anthony in den nächsten Jahren zur Ruhe kommt.»

«Es wird ihm nichts anderes übrigbleiben», meinte Virginia. «Wir werden in Schottland leben. Anthony hat Kirkton geerbt, ein Gut, das seinem Onkel gehört hat. Er war Junggeselle. Dort werden wir wohnen.»

«Denkst du, Anthony latscht die ganze Zeit in einem Tweedanzug mit Dreck an den Stiefeln herum?»

«Das nicht. Aber ich kann mir nicht vorstellen, daß das Leben in Schottland genauso ist wie in London.»

«O nein», sagte Janey, die schon dort gewesen war. «Aber erwarte nicht das einfache Leben, sonst wirst du enttäuscht.»

Aber Virginia erwartete das einfache Leben. Sie war nie in Kirkton, ja noch nie in Schottland gewesen, doch sie hatte einmal die Osterferien bei einer Schulfreundin in Northumberland verbracht und meinte, Schottland sei ganz ähnlich. Sie stellte sich Kirkton als ein verschachteltes, aus Stein gebautes Gutshaus mit niedrigen Räumen, gekachelten Fußböden und abgetretenen Orientteppichen vor, einem Speisezimmer mit großem Holzfeuer im Kamin und Jagddrucken an den Wänden.

Statt dessen erwartete sie ein großer, elegant proportionierter klassizistischer Bau mit Schiebefenstern, die das Sonnenlicht reflektierten, und einer Steintreppe, die von der Wagenauffahrt zur Eingangstür führte.

Hinter dem Kiesweg war Rasen, dahinter eine Grenzmauer, dann kam der Park mit riesigen Buchen, der sanft zu der fernen Flußbiegung abfiel.

Überwältigt war Virginia Anthony gefolgt, die Treppe hinauf und durch die Tür. Das Haus war leer, altmodisch und unmöbliert. Sie wollten es gemeinsam einrichten. Diese gewaltige Aufgabe reizte Virginia, doch als sie es sagte, setzte er sich über sie hinweg.

«Wir beauftragen Philip Sayer damit, das ist der Innenarchitekt, der meine Mutter in London eingerichtet hat. Sonst machen wir nur irgendwelche Fehler, und das Haus wird ein grauenhaftes Stilgemisch.»

Virginia dachte insgeheim, sie würde ihre eigenen Fehler dem unfehlbaren Geschmack eines anderen vorziehen – es wäre gemütlicher; aber sie sagte nichts.

«Und dies ist der Salon. Dahinter befinden sich die Bibliothek und das Eßzimmer. Küche und so weiter sind unten.»

Es hallte in dem hohen Raum, die Prismen der Kristall-Lüster an der reichverzierten Decke glitzerten. Die Wände waren getäfelt, die hohen Fenster hatten herrliche Simse. Es war staubig, und Virginia fröstelte ein wenig.

Sie stiegen auf einer elegant geschwungenen Treppe in den ersten Stock. Ihre Schritte auf den gebohnerten Stufen hallten durch das leere Haus. Oben waren die Schlafzimmer, ein jedes mit eigenem Bad, die Ankleidezimmer, Wäscheschränke, sogar ein Boudoir.

«Was soll ich mit einem Boudoir?» wollte Virginia wissen.

«Du kannst hineingehen et bouder un peu, und wenn du nicht weißt, was das ist, das ist das französische Wort für schmollen. Ach komm, mach nicht so ein entsetztes Gesicht; zeig mir lieber, daß du dich freust.»

«Es ist so groß.»

«Du tust gerade so, als wär's Buckingham Palace.»

«Ich war noch nie in so einem großen Haus. Ich hätte nie gedacht, daß ich einmal in so einem Haus wohnen würde.»

«Wirst du aber, also gewöhn dich lieber daran.»

Am Ende standen sie wieder draußen beim Wagen und sahen zu der eleganten, gleichmäßig von Fenstern unterteilten Vorderfront hinauf. Virginia schob die Hände in ihre Manteltaschen und sagte: «Wo ist der Garten?»

«Was meinst du?»

«Ich meine Blumenbeete und so. Du weißt schon. Ein Garten.»

Aber der Garten war achthundert Meter entfernt, von einer Mauer umschlossen. Sie fuhren hin und stießen auf einen Gärtner und Obst und Gemüse, pflückfertig, in Reih und Glied wie Soldaten. «Das ist der Garten», sagte Anthony.

«Oh», sagte Virginia.

«Was soll das heißen?»

«Nichts. Bloß oh.»

Der Innenarchitekt traf pünktlich ein. Ihm auf den Fersen folgten Lieferanten und Lastwagen, Bauarbeiter, Stukkateure, Anstreicher, Männer mit Teppichen, Männer mit Vorhängen, Männer mit Möbelwagen, die Möbel ausschütteten wie Füllhörner, endlos, als würden sie niemals leer.

Virginia ließ alles geschehen. «Ja», sagte sie, egal welchen Samtton Philip Sayer vorschlug. «Ja», wenn er an viktorianische Messingbetten mit dicken gehäkelten Tagesdecken fürs Gästezimmer dachte. «Typisch viktorianisches Landleben, meine Liebe.»

Nur ein einziges Mal hatte sie die Stimme zu einer eigenen Idee erhoben, als es um die Küche ging. Sie wollte sie so haben wie die einzige Küche, an die sie sich erinnerte, den herrlichen Raum in Penfolda mit seinem Flair von Beständigkeit, der Verheißung von leckerem Gekochtem, der Katze auf dem Stuhl und den üppigen Geranien auf der Fensterbank.

«Eine Bauernküche! So eine möchte ich. Eine Bauernküche ist wie ein Wohnzimmer.»

«Ich werde bestimmt nicht in der Küche wohnen, das kann ich dir sagen.»

Sie hatte Anthony nachgegeben, denn es war nicht ihr Haus. Und es war nicht ihr Geld, mit dem die Spülen aus rostfreiem Stahl bezahlt wurden, der schwarzweiße Fußboden und der selbstreinigende Backofen mit eingebautem Grill.

Als das Haus fertig war, war Virginia schwanger.

«Wie wunderbar für Nanny!» sagte Lady Keile.

«Wieso?»

«Herzchen, sie ist in London und arbeitet gelegentlich, aber sie sehnt sich so sehr nach einem neuen Baby. Sicher wird sie nicht sehr darauf erpicht sein, aus London wegzugehen, aber sie findet leicht Anschluß, du weißt, wie groß ihr Bekanntenkreis ist. Ihr Netz ist weiter gespannt als das des Rundfunks, sag ich immer. Und das obere Stockwerk ist für Kinderzimmer gemacht, das sieht man an dem Törchen am Treppenabsatz und an den vergitterten Fenstern. Fabelhaft sonnig. Hellblau, denke ich, was meinst du? Die Teppiche, meine ich, und französische Chintzvorhänge...»

Virginia versuchte, sich zu wehren: *Nein, ich will mich selbst um mein Baby kümmern.* Aber ihr war so übel, als sie mit Cara schwanger war, sie fühlte sich matt und unwohl, und als sie sich wieder stark genug fühlte, um sich mit der Situation auseinanderzusetzen, waren die Kinderzimmer schon eingerichtet, und Nanny war da, starr, unverrückbar.

Sie soll bleiben. Nur bis das Baby da ist und ich wieder auf den Beinen bin. Sie kann ein, zwei Monate bleiben, dann sag ich ihr, sie kann wieder nach London gehen, weil ich selbst für mein Kind sorgen will.

Doch dann ergaben sich neue Komplikationen. Virginias Mutter in London klagte über Schmerzen und Müdigkeit; sie glaubte, daß sie stark abnehme. Virginia fuhr sogleich zu ihr, und von da an war sie zwischen ihrem Baby in Schottland und ihrer Mutter in London hin- und hergerissen. Während sie mit der Eisenbahn von hier nach da pendelte, wurde ihr klar, daß es Irrsinn war, Nanny zu entlassen, bevor Mrs. Parsons genesen war. Aber sie genas freilich nicht, und als der ganze grauenhafte Alptraum vorüber war, war Nicholas geboren, und nachdem nun zwei Kinder zu versorgen waren, war Nanny endgültig etabliert.

In Kirkton waren sie in einem Umkreis von circa fünfzehn Kilometern von geselligen Nachbarn umgeben. Junge Ehepaare mit genügend Zeit und Geld, manche mit kleinen Kindern wie sie selber, alle mit denselben Interessen wie Anthony.

Um den Schein zu wahren, widmete Anthony einen Teil seiner Zeit dem Gut, redete mit McGregor, dem Verwalter, erkundete, was nach Meinung von McGregor zu tun war, und beauftragte ihn sodann, es zu tun. Den Rest des Tages hatte er für sich, und er nutzte ihn ganz und gar, um genau das zu tun, was er wollte. Schottland ist wie geschaffen für männliche Vergnügungen, und es gab immer etwas zu jagen, im Sommer Moorhühner, im Herbst und Winter Rebhühner und Fasane. Es gab Flüsse zum Angeln und Golfplätze, und das Gesellschaftsleben war noch ausgelassener als vormals in London.

Virginia angelte nicht, noch spielte sie Golf, und Anthony würde sie auch nicht aufgefordert haben, ihm dabei Gesellschaft zu leisten, selbst wenn sie es gewollt hätte. Er zog die

Gesellschaft seiner Kameraden vor. Von Virginia wurde erwartet, daß sie nur zugegen war, wenn sie ausdrücklich als Paar eingeladen waren, zu einem Abendessen oder einem Ball oder vielleicht zu einem Mittagessen vor einem Jagdausflug. Dann litt sie Qualen bei der Entscheidung, was sie anziehen sollte, und kreuzte unweigerlich in etwas auf, was alle Welt im Vorjahr getragen hatte.

Sie war nach wie vor schüchtern. Und da sie keinen Alkohol trank, gab es auch kein Mittel, um ihr über ihre Hemmungen hinwegzuhelfen. Die Männer, Anthonys Freunde, fanden sie offensichtlich langweilig. Und die Frauen waren zwar liebenswürdig, verunsicherten sie aber mit ihren Witzen und ihren unverständlichen Anspielungen auf Orte, Personen und Ereignisse, die nur sie kannten. Sie waren wie eine Gruppe Mädchen, die alle dieselbe Schule besucht hatten.

Einmal bekamen sie auf der Heimfahrt von einer Abendeinladung Streit. Virginia hatte nicht die Absicht zu streiten, aber sie war müde und unglücklich, und Anthony war mehr als nur ein bißchen betrunken. Er trank immer zuviel, wenn er in Gesellschaft war, fast als werde es von ihm erwartet. An diesem Abend machte es ihn aggressiv und schlecht gelaunt.

«Na, hast du dich amüsiert?»

«Nicht besonders.»

«Nach dem Gesicht zu urteilen, das du ziehst, hat es dir keinen Spaß gemacht.»

«Ich war müde.»

«Du bist immer müde. Dabei scheinst du nie etwas zu tun.»

«Vielleicht bin ich deswegen müde.»

«Was hat das zu bedeuten?»

«Ach nichts.»

«Es muß doch was zu bedeuten haben.»

«Also gut, es bedeutet, daß ich mich langweile und mich einsam fühle.»

«Ich kann nichts dafür.»

«Nein? Du bist nie da... manchmal bist du den ganzen Tag nicht zu Hause. Mittags ißt du in Relkirk im Club... ich bekomme dich überhaupt nicht zu sehen.»

«Okay. Ich bin wie hundert andere Männer auch. Was glaubst du denn, was ihre Frauen machen?»

«Ich habe mich schon gefragt, was sie mit ihrer Zeit anfangen. Sag du's mir.»

«Sie sind dauernd unterwegs. Sie besuchen sich gegenseitig, bringen die Kinder zum Pony Club, spielen Bridge, arbeiten im Garten, schätze ich.»

«Ich kann nicht Bridge spielen», sagte Virginia, «und die Kinder wollen nicht Pony reiten, und ich würde gerne im Garten arbeiten, aber Kirkton hat ja keinen, bloß ein von Mauern abgeschirmtes Gefängnis für Blumen und einen mißmutigen Gärtner, der mir nicht mal erlaubt, einen Strauß Gladiolen zu schneiden, ohne ihn vorher zu fragen.»

«Ach, um Himmels willen...»

«Manchmal beobachte ich samstags in Relkirk andere Leute, gewöhnliche Ehepaare. Sie gehen zusammen bei Regen oder Sonnenschein einkaufen, sie haben ihre Kinder bei sich, sie lutschen Eis, und dann laden sie ihre Pakete in schäbige kleine Autos und fahren nach Hause. Sie sehen alle miteinander glücklich und zufrieden aus.»

«O Gott. Das kannst du unmöglich wollen.»

«Ich will nicht einsam sein.»

«Einsamkeit ist ein Seelenzustand. Daran kannst nur du selbst etwas ändern.»

«Bist du nie einsam gewesen, Anthony?»

«Nein.»

«Dann hast du mich nicht geheiratet, um Gesellschaft zu haben. Und du hast mich nicht geheiratet, weil ich eine glänzende Unterhalterin bin.»

«Nein.» Kalte Zustimmung. Sein Profil war wie versteinert.

«Warum dann?»

«Du warst hübsch. Du hattest einen gewissen scheuen Charme. Du warst ganz reizend. Meine Mutter fand dich ganz reizend. Sie fand deine Mutter ganz reizend. Sie fand die ganze verdammte Abmachung reizend.»

«Du hast mich doch nicht geheiratet, weil deine Mutter es dir gesagt hat.»

«Nein. Aber irgendwen mußte ich schließlich heiraten, und du bist zu einer ausgesprochen günstigen Zeit aufgekreuzt.»

«Was soll das heißen?»

Er erwiderte nichts darauf. Er fuhr ein paar Minuten schweigend weiter, vielleicht bewog ihn ein Rest von Anstand, ihr nicht die Wahrheit zu sagen, jetzt nicht, niemals. Aber nachdem Virginia so weit gekommen war, beging sie den Fehler, ihn zu bedrängen. «Anthony, ich verstehe das nicht», und er verlor die Beherrschung und sagte es ihr.

«Weil ich Kirkton nur unter der Bedingung geerbt habe, daß ich verheiratet sein müßte, wenn ich es übernehme. Onkel Arthur meinte, ich würde nie zur Ruhe kommen, ich würde Haus und Hof vergammeln lassen, wenn ich als Junggeselle einzöge... Ich weiß nicht, was er sich dabei gedacht hat, aber er bestand darauf, daß ich nur als verheirateter Mann in Kirkton lebe.»

«Darum also!»

Anthony zog die Stirn kraus. «Bist du gekränkt?»

«Ich glaube nicht. Sollte ich?»

Er tastete nach ihrer Hand... der Wagen schlingerte ein wenig, als seine Finger ihre umschlossen. Er sagte: «Laß gut sein. Unsere Ehe ist vielleicht nicht besser, aber ganz bestimmt nicht schlechter als andere. Es tut manchmal gut, offen zu sein und die Verhältnisse zu klären. Es ist besser, wenn wir beide wissen, woran wir sind.»

Sie sagte: «Bereust du, daß du mich geheiratet hast?»

«Nein. Bereuen nicht. Ich bedauere nur, daß es sein mußte, solange wir beide noch so jung waren.»

Eines Tages war sie allein im Haus. Ganz allein. Es war Samstagnachmittag. Mr. McGregor, der Gutsverwalter, war mit seiner Frau in Relkirk. Anthony war Golf spielen, und Nanny war mit den Kindern spazieren. Ein leeres Haus und nichts zu tun. Keine Wäsche zu waschen, kein Kuchen zu backen, nichts zu bügeln, kein Unkraut zu jäten. Virginia ging von Zimmer zu Zimmer, wie eine Fremde, die für die Besichtigung Eintritt bezahlt hatte. Ihre Schritte hallten auf der gebohnerten Treppe, die Uhr tickte, überall herrschte Ordnung und Sauberkeit. Anthony liebte es so. Es war sein Werk. Hierfür hatte er sie geheiratet. Am Ende kam sie in die Diele, öffnete die Haustür, ging die Stufen hinunter auf den Kiesweg, dachte, vielleicht könnte sie Nanny und die Kinder in der Ferne erspähen; sie wollte ihnen entgegenlaufen und Cara hochheben, sie umarmen und festhalten, und sei es nur, um zu beweisen, daß sie wirklich existierte, daß sie kein Traumkind war, das Virginia wie eine frustrierte Jungfer nur in ihrer Einbildung empfangen hatte.

Aber von Nanny war nichts zu sehen, und nach einer Weile ging sie wieder ins Haus, weil es kein Ziel gab, wo sie hätte hingehen können.

In der Nachbarschaft lebte eine hübsche junge Frau namens Liz, die mit einem jungen Rechtsanwalt verheiratet war. Er arbeitete in Edinburgh, aber sie wohnten nur anderthalb Kilometer von Kirkton entfernt in einem alten ehemaligen Pfarrhaus, mit einem verwilderten Garten, in dem im Frühling Narzissen blühten, und einer Koppel für die Ponies.

Liz hatte kleine Kinder, Hunde, eine Katze, einen Papagei,

aber – vielleicht, weil sie ihren Mann vermißte, der die ganze Woche in Edinburgh war, vielleicht auch, weil sie einfach gerne unter Menschen war – sie hatte immer ein volles Haus. Fremde Kinder hopsten auf den Ponies herum, saßen zur Teezeit zuhauf am Eßzimmertisch, spielten auf dem Rasen Ball. Wenn sie nicht ganze Familien bei sich wohnen hatte, dann hatte sie den Tag über zahlreiche Gäste, verköstigte sie mit Rinderbraten, Steaks und Nierenpasteten, himmlischen altmodischen Puddings und selbstgemachtem Eis. Ihr Getränkevorrat, dem die Horden, die durch ihre gastliche Tür kamen, erschreckend zusetzten, war stets für jeden Gast zugänglich, der einer flüssigen Erfrischung bedurfte.

«Bedien dich», rief sie durch die offene Tür, während sie ein dreigängiges Menü für zehn unerwartete Gäste zauberte. «Eis ist im Kühlschrank, falls der Kübel leer ist.»

Anthony bewunderte sie natürlich, er flirtete munter und offen mit ihr, tat schrecklich eifersüchtig, wenn die Wochenenden nahten und ihr Mann nach Hause kam.

«Schmeiß den verdammten Kerl raus», sagte er zu Liz, und sie brach entzückt in lautes Lachen aus wie alle, die es hörten. Virginia lächelte, und über ihre Köpfe hinweg begegnete sie dem Blick von Liz' Ehemann. Er war ein stiller junger Mann, und obwohl er lächelnd dort stand, ein Glas in der Hand, ließ sich unmöglich erraten, was er dachte.

«Du mußt auf deinen Mann aufpassen», sagte eine andere Frau zu Virginia, aber sie erwiderte nur: «Das tu ich seit Jahren», und sie wechselte das Thema oder wandte sich jemand anderem zu.

An einem Dienstag rief Anthony aus dem Club in Relkirk an. «Virginia, hör zu, ich hab mich in ein Pokerspiel verrannt, Gott weiß, wann ich nach Hause komme. Warte nicht auf mich, ich esse hier einen Happen. Bis später.»

«In Ordnung. Verlier nicht zuviel Geld.»

«Ich gewinne», sagte er. «Dann kauf ich dir einen Nerzmantel.»

«Das ist genau, was ich brauche.»

Er kam nach Mitternacht die Treppe heraufgestolpert. Sie hörte ihn in seinem Ankleidezimmer rumoren, Sachen hinwerfen, Schubladen öffnen und schließen, wegen eines Manschettenknopfes oder eines Knopfes fluchen.

Kurz darauf hörte sie ihn zu Bett gehen. Das Licht unter der offenen Tür ging aus, es wurde ganz dunkel. Und Virginia fragte sich, ob er beschlossen hatte, aus Rücksicht auf sie in seinem Ankleidezimmer zu schlafen, oder ob es einen triftigeren Grund dafür gebe.

Sie erfuhr es bald. Der Kreis, in dem sie verkehrten, war zu klein für Geheimnisse. «Virginia, Schätzchen, ich hab dir ja gesagt, paß auf deinen schlimmen Mann auf.»

«Was hat er denn getan?»

«Du bist wunderbar, daß du dich nie aus der Fassung bringen läßt. Du weißt bestimmt alles darüber.»

«Worüber?»

«Schätzchen, sein intimes Abendessen mit Liz.»

«... ach ja, natürlich, vorigen Dienstag.»

«Er ist ein alter Teufel. Er dachte wohl, niemand würde etwas merken. Aber dann haben Midge und Johnny Gray spontan beschlossen, zum Abendessen ins Strathcorrie Arms zu gehen. Es hat einen neuen Geschäftsführer. Es ist jetzt ziemlich düster und schick, und man ißt dort sehr gut. Sie gingen also hin, und da waren Anthony und Liz, ganz verschmust in einer Ecke. Und du hast es die ganze Zeit gewußt!»

«Ja.»

«Und es macht dir nichts aus?»

«Nein.»

Das war das Schlimme. Es machte ihr nichts aus. Sie war

apathisch, sie hatte Anthony und seinen neckischen Schuljungencharme satt, der sich bei ihr längst abgenutzt hatte. Und dies war nicht die erste Affäre. Es war vorher passiert und würde zweifellos wieder passieren, und es war erschreckend, auf die bevorstehenden Jahre zu blicken und sich für immer an diesen faden Abklatsch eines Peter Pan gebunden zu sehen.

Sie dachte an Scheidung, aber sie wußte, sie würde sich nie von Anthony scheiden lassen, nicht nur der Kinder wegen, sondern weil sie eben Virginia war und einen solchen Weg ebensowenig gehen konnte, wie sie auf den Mond fliegen konnte.

Sie war nicht glücklich, aber was nützte es, ihr Versagen, ihre Enttäuschung in die Welt hinauszuposaunen? Anthony liebte sie nicht, hatte sie nie geliebt. Aber sie hatte ihn auch nie geliebt. Wenn er Virginia geheiratet hatte, um Kirkton zu bekommen, dann hatte sie Anthony in einer Krise geheiratet, als sie furchtbar unglücklich war, und in dem verzweifelten Versuch, der Saison in London zu entgehen, die ihre Mutter für sie geplant hatte und die zu guter Letzt in dem Alptraum von einem Debütantinnenball gipfeln sollte.

Sie war nicht glücklich, aber sie hatte praktisch alles. Ein schönes Haus, einen gutaussehenden Ehemann und die Kinder. Die Kinder machten alles wett. Für sie wollte sie ihre kriselnde Ehe kitten, für sie wollte sie eine Welt der Geborgenheit errichten, wie sie sie nie wieder erleben würden.

An dem Abend, als Anthony getötet wurde, war er bei Liz gewesen. Er war auf dem Rückweg von Relkirk auf einen Drink in dem ehemaligen Pfarrhaus vorbeigekommen und eingeladen worden, zum Abendessen zu bleiben.

Er rief Virginia an.

«Liz hat die Cannons da. Sie möchte, daß ich hier esse und den vierten Mann beim Bridge mache. Ich komm irgendwann spät nach Hause. Bleib nicht auf.»

Liz' Schrank mit der Whiskyflasche stand wie immer offen. Und wie immer bediente Anthony sich freizügig. Es war zwei Uhr, als er sich in einer schwarzen, sternenlosen Nacht auf den Heimweg machte. Es goß in Strömen. Es hatte seit Tagen geregnet, der Fluß hatte Hochwasser. Später kam die Polizei mit Maßbändern und Kreide, sie maßen die Schleuderspuren, hängten sich über das durchgebrochene Brückengeländer und blickten in das schlammige, reißende Wasser. Und Virginia stand im strömenden Regen dabei und sah den Tauchern zu. Ein freundlicher Polizist redete ihr zu, nach Hause zu gehen, aber sie wollte nicht, weil sie aus irgendeinem Grunde hier sein mußte, weil er ihr Mann gewesen war und der Vater ihrer Kinder.

Und sie erinnerte sich, was er an dem Abend gesagt hatte, als er ihr von Kirkton erzählte. *Ich bedauere nur, daß es sein mußte, solange wir beide noch so jung waren.*

8

Die Nacht verging langsam. Die Sekunden und Minuten tickten auf Virginias Armbanduhr, die sie auf ihren Nachttisch gelegt hatte. Jetzt nahm sie sie in die Hand. Es war fast drei Uhr morgens. Sie stieg aus dem Bett, hüllte sich in eine Steppdecke und setzte sich auf den Fußboden ans offene Fenster. Die Dämmerung nahte, doch noch war es dunkel und ganz still. In der Ferne konnte sie die sachte Bewegung der See vernehmen wie leises Atmen. Sie hörte das Rupfen und Käuen der Kühe auf den Feldern, das Rascheln, Wispern und Kriechen in Hecken und Erdlöchern und den Schrei einer Nachteule.

Die Erinnerung an Liz quälte sie. Liz war zu Anthonys Beerdigung gekommen, mit einem Gesicht, aus dem Gram und Schuldbewußtsein so offenkundig sprachen, daß man sich instinktiv abwendete, um den Schmerz nicht mitansehen zu müssen. Bald danach war ihr Mann mit ihr nach Südfrankreich in Urlaub gefahren, und Virginia hatte sie nicht wiedergesehen.

Aber sie wußte, daß sie nach Schottland zurück mußte, möglichst bald, und sei es nur, um mit Liz ins reine zu kommen. Um Liz zu überzeugen, daß sie keine Schuld traf, um – so weit das menschenmöglich war – wieder Freundschaft mit ihr zu schließen. Sie dachte an die Rückkehr nach Kirkton, und ihre Phantasie trat diesmal nicht die Flucht an, sondern sah die Fahrt ruhig und ohne Schrecken vor sich. Sie sah sich die Straße entlangfahren, über die Brücke und dann die Zufahrt zwischen den üppigen Parkwiesen hinauf. Sie kam zu der kurvigen Auffahrt vor dem Haus, ging die Stufen hinauf und durch die Haustür hinein. Doch das gewohnte Gefühl von Einsamkeit, von einer zugeschnappten Falle war nicht mehr da, nur die Trauer, daß dem Leben der Menschen, die in diesem schönen Haus gewohnt hatten, kein dauerhafter Zusammenhalt beschieden gewesen war, sondern es sich aufgedröselt hatte wie ein Strang schlecht gesponnenes Garn, bis schließlich nur noch Fadenreste blieben.

Sie würde das Haus verkaufen. Irgendwo, irgendwann hatte sich in ihrem Unterbewußtsein dieser Entschluß gebildet, und er präsentierte sich ihr nun als vollendete Tatsache. Wieweit dies mit Eustace Philips zusammenhing, konnte Virginia im Moment nicht sagen. Später würde sich zweifellos alles von selbst ergeben. Fürs erste spürte sie eine ungeheure Erleichterung, wie das Abschütteln einer zu lange getragenen Last, und sie fühlte Dankbarkeit, wie wenn eine andere Person hinzugekommen wäre und den Entschluß für sie gefaßt hätte.

Sie würde Kirkton verkaufen. Ein anderes Haus kaufen, ein kleines... irgendwo. Auch das würde sich später von selbst ergeben. Sie wollte ein neues Heim schaffen, Freundschaften schließen, einen Garten anlegen, einen kleinen Hund anschaffen, ein Kätzchen, einen Kanarienvogel. Schulen für die Kinder finden, die Ferien mit Vergnügungen füllen, zu denen ihr früher das Selbstvertrauen gefehlt hatte. Sie wollte Ski laufen lernen, und sie würden zusammen Skiferien machen. Sie würde Drachen kaufen und Fahrräder flicken, Cara alle Bücher lesen lassen, die sie wollte, und mit der richtigen Mütze auf dem Kopf zu Nicholas' Sportveranstaltungen gehen und wunderbare Leistungen vollbringen, wie etwa beim Eierlaufen gewinnen.

Und es würde geschehen, weil sie es geschehen ließ. Es gab keinen Eustace mehr, keine Träume, aber andere gute Dinge waren beständig. Stolz etwa und Entschlußkraft. Und die Kinder. Die Kinder. Sie lächelte in dem Wissen, daß sie bei allem was sie tat, immer standhaft in ihre Richtung sehen würde, wie der Zeiger des Kompasses, der stets nach Norden wies.

Langsam wurde ihr kalt. Das erste Licht der Dämmerung streifte den Himmel. Sie stand vom Fußboden auf, nahm eine Schlaftablette mit einem Glas Wasser und ging ins Bett. Als sie die Augen wieder aufschlug, schien ihr die Sonne vom hohen Himmel voll ins Gesicht, und von unten kam ein schreckliches Getöse, ein Hämmern an der Haustür und eine Stimme, die ihren Namen rief.

«Virginia! Ich bin's, Alice! Wach auf, oder seid ihr alle tot?»

Benommen von Schrecken und Schlaf taumelte Virginia aus dem Bett und beugte sich aus dem Fenster. «Alice! Mach nicht solchen Lärm. Die Kinder schlafen.»

Alice blickte mit erstaunter Miene hinauf. Ihre Stimme sank zu einem übertriebenen Bühnengeflüster. «Ich dachte schon, ihr wärt alle hops gegangen. Es ist nach zehn. Komm runter und mach mir auf!»

Gähnend und nicht ganz bei sich, tastete Virginia nach ihrem Morgenrock, schob ihre Füße in Pantoffeln und ging nach unten. Unterwegs blieb sie an der offenen Kinderzimmertür stehen. Zu ihrer Verwunderung schliefen sie noch, unbehelligt von Alice' Geschrei. Es mußte gestern abend spät geworden sein. Viel später, als sie gedacht hatte.

Sie schloß die Tür auf, um Alice und eine Flut von Sonnenlicht hereinzulassen. Alice trug ein flottes blaues Leinenkleid und einen Seidenschal um den Kopf. Sie war wie immer strahlend, kläräugig und erschreckend munter.

«Schläfst du immer so lange?»

«Nein, aber...» Virginia unterdrückte ein Gähnen, «...ich konnte heute nacht nicht schlafen. Schließlich hab ich eine Tablette genommen. Davon war ich völlig weg.»

«Und die Kinder?»

«Ihnen hab ich keine Tablette gegeben, aber sie schlafen trotzdem noch. Es war spät gestern, wir waren den ganzen Tag draußen.» Sie gähnte wieder, hielt krampfhaft die Augen offen. «Wie wär's mit Kaffee?»

Alice machte ein amüsiertes Gesicht. «Du siehst allerdings aus, als könntest du einen gebrauchen. Ich sag dir was, ich mach Kaffee, und du siehst zu, daß du wach wirst und dir was anziehst. Ich kann nicht gut mit dir reden, wenn du in diesem Zustand bist.» Sie legte ihre Handtasche resolut auf den Tisch. «Ich muß sagen, das Häuschen ist gar nicht übel. Ah, hier ist die Küche. Ein bißchen altmodisch vielleicht, aber es ist alles da...»

Virginia ließ Badewasser ein, stieg in die Wanne und wusch sich die Haare. Danach ging sie in ein Handtuch gehüllt nach oben, nahm frische Sachen aus der Schublade und ein noch ungetragenes Baumwollkleid aus dem Kleiderschrank. Sie zog Sandalen an, kämmte die klatschnassen Haare, und mit einem sauberen Gefühl und erstaunlicherweise hungrig ging sie wieder zu Alice hinunter.

Sie fand sie eifrig beschäftigt, der Wasserkessel war aufgesetzt, die Kanne mit Kaffee bereit, Becher standen auf dem Tisch.

«Oh, da bist du ja schon... es ist gleich fertig. Ich mach uns einen anständigen Kaffee, ich hab die dünne Plörre satt, du nicht?»

Virginia setzte sich auf die Tischkante. «Wann bist du aus London zurückgekommen?»

«Gestern abend.»

«War's nett?»

«Ja, aber ich bin nicht hierhergekommen, um von London zu erzählen.»

«So, und was führt dich an einem Montagmorgen um zehn Uhr hierher?»

«Neugierde», sagte Alice, «die pure, unverhüllte Neugierde.»

«Meinetwegen?»

«Wegen Eustace Philips!»

Virginia sagte: «Das verstehe ich nicht.»

«Mrs. Jilkes hat es mir erzählt. Ich war kaum zur Haustür herein, als ich alles zu hören bekam. Sie sagte, daß Eustace angerufen hatte, als ich weg war, um zu fragen, ob jemand Bosithick für dich und die Kinder herrichtete. Und als er hörte, daß ich in London war, sagte er, er würde das selbst übernehmen.»

«Ja, richtig... das hat er getan.»

«Aber Virginia... du hast von Eustace gesprochen, aber du hast mir nicht erzählt, daß du ihn getroffen hast.»

«Nein?» Virginia zog die Stirn kraus. «Nein, hab ich nicht, wie?»

«Aber wann hast du ihn getroffen?»

«An dem Tag, als ich das Cottage besichtigt habe. Erinnerst du dich? Ich sagte, ich sei zum Mittagessen nicht zurück. Ich bin in Lanyon in ein Pub gegangen, um Zigaretten zu kaufen, und da hab ich ihn getroffen.»

«Aber warum hast du nichts davon gesagt? Gab es einen besonderen Grund, weshalb ich es nicht wissen sollte?»

«Nein.» Sie versuchte sich zu erinnern.

«Aber ich vermute, du wolltest nicht von ihm sprechen.»

Virginia lächelte. «Es war nicht gerade ein freundschaftliches Wiedersehen. Wir hatten furchtbaren Streit...»

«Aber hattest du vor, ihn zu treffen?»

«Nein. Es war reiner Zufall.»

«Und er hat sich an dich erinnert? Nach so langer Zeit? Er hatte dich doch bloß das eine Mal auf dem Grillfest gesehen.»

«Nein», sagte Virginia. «Ich hab ihn wiedergesehen.»

«Wann?»

«Etwa eine Woche nach dem Grillfest. Ich hab ihn in Porthkerris getroffen. Wir haben den Nachmittag zusammen verbracht, und er hat mich nach Haus Wheal gefahren. Du hast ihn nicht gesehen, weil du an dem Tag nicht da warst. Aber meine Mutter war da. Sie hat es mitgekriegt.»

«Aber warum habt ihr so ein Geheimnis daraus gemacht?»

«Es war kein Geheimnis, Alice. Meine Mutter konnte Eustace bloß nicht leiden. Ich muß zugeben, er hat sich nicht gerade bemüht, Eindruck auf sie zu machen; er war grob, und der Landrover war mit Stroh, Matsch und Mist verschmiert. Das paßte meiner Mutter weiß Gott nicht in den Kram. Sie hat den ganzen Vorfall als eine Art Witz abgetan, aber ich merkte, daß Eustace sie verärgert hatte und daß sie ihn nicht mochte.»

«Aber du hättest mit mir über ihn sprechen können. Immerhin hatte ich dich mit Eustace bekannt gemacht.»

«Hab ich ja versucht, aber jedesmal wenn ich davon anfing, hat meine Mutter sich in das Gespräch eingemischt oder das Thema gewechselt oder mich sonstwie unterbrochen. Und du darfst nicht vergessen, Alice, du warst ihre Freundin, nicht meine. Ich war bloß das junge Mädchen, fast noch ein Kind. Ich wäre nie auf die Idee gekommen, daß du für mich gegen sie Partei ergreifen würdest.»

«Ging es darum? Partei zu ergreifen?»

«Es wäre darauf hinausgelaufen. Du weißt, was für ein Snob sie war.»

«O ja, sicher, aber das war harmlos.»

«Nein, Alice, es war nicht harmlos. Es war schrecklich gefährlich. Es berührte alles, was sie tat. Es hat sie verdorben.»

«Virginia!» Alice war entsetzt.

«Deswegen sind wir so plötzlich nach London abgereist. Weißt du, sie hat geahnt, daß ich mich in Eustace verliebt hatte.»

Das Wasser kochte. Alice nahm den Kessel vom Herd und füllte die Kaffeekanne. Die Küche war von köstlichem Duft durchflutet. Alice zog vorsichtig einen Löffel über die Oberfläche des Kaffees.

«Ist das wahr? Warst du wirklich in Eustace verliebt?»

«Natürlich. Hättest du dich mit siebzehn nicht in ihn verliebt?»

«Aber du hast Anthony geheiratet.»

«Ja.»

«Hast du ihn geliebt?»

«Ich... ich habe ihn geheiratet.»

«Warst du glücklich?»

«Ich war einsam.»

«Aber Virginia, ich dachte immer... ich meine, deine Mutter sagte immer... ich dachte, ihr wart so glücklich», endete Alice in hoffnungsloser Konfusion.

«Nein. Aber Anthony war nicht allein schuld. Es war genauso meine Schuld.»

«Hat Lady Keile das gewußt?»

«Nein.» Sie wußte auch nichts von den Begleitumständen von Anthonys Tod. Und sie wußte nichts von Liz. Und würde es auch nie erfahren. «Warum sollte sie? Sie hat uns oft besucht, aber nie länger als eine Woche. Es war nicht schwer, ihr eine idyllisch glückliche Ehe vorzugaukeln. Es war das mindeste, was wir für sie tun konnten.»

«Es wundert mich, daß Nanny nie etwas gesagt hat.»

«Nanny hat nie gesehen, was sie nicht sehen wollte. Für sie war Anthony die Vollkommenheit in Person.»

«Dann hast du es sicher nicht leicht gehabt.»

«Nein, aber wie gesagt, Anthony war nicht allein schuld.»

«Und Eustace?»

«Alice, ich war siebzehn; ein Mädchen, das darauf wartete, daß jemand ihr ein Eis kaufte.»

«Aber jetzt nicht...» sagte Alice.

«Nein. Jetzt bin ich siebenundzwanzig und Mutter von zwei Kindern. Und ich warte nicht mehr auf ein Eis.»

«Du meinst, er hat dir nichts zu geben.»

«Und er braucht nichts von mir. Er ist sich selbst genug. Er hat sein eigenes Leben. Er hat Penfolda.»

«Hast du mit ihm darüber gesprochen?»

«Ach, Alice...»

«Offensichtlich nicht. Wie kannst du dann so sicher sein?»

«Weil er damals gesagt hatte, er würde mich anrufen. Er sagte, er wolle, daß ich nach Penfolda zum Tee käme, seine Mutter würde mich gerne wiedersehen. Und ich wollte mir dein Auto leihen und hinfahren. Aber er hat nie angerufen. Und bevor ich herausfinden konnte warum oder irgend etwas unternehmen konnte, hat meine Mutter mich schleunigst zurück nach London verfrachtet.»

«Und woher weißt du, daß er nicht angerufen hat?» Alice' Ton wurde ungeduldig.

«Weil er's nicht getan hat.»

«Vielleicht hat deine Mutter das Gespräch angenommen.»

«Ich habe sie gefragt. Und sie hat gesagt, es wäre kein Anruf für mich gekommen.»

«Aber Virginia, sie war durchaus imstande, ein Gespräch anzunehmen und dir nichts davon zu sagen. Vor allem wenn sie den jungen Mann nicht leiden konnte. Das mußte dir doch klarsein.»

Ihre Stimme war forsch und sachlich. Virginia starrte sie an, sie mochte ihren Ohren nicht trauen. Daß Alice so etwas über Rowena Parsons sagte – ausgerechnet Alice, die älteste Freundin ihrer Mutter. Alice kam mit der finsteren Wahrheit ans Licht, die zu entdecken Virginia selbst nie den Mut gehabt hatte. Sie erinnerte sich an das Gesicht ihrer Mutter, das sie im Eisenbahnabteil anlächelte, an ihren lachenden Protest. Liebes! Was für eine Anschuldigung! Natürlich nicht. Du hast doch nicht wirklich gedacht...

Und Virginia hatte ihr geglaubt. Schließlich meinte sie hilflos: «Ich dachte, sie hätte mir die Wahrheit gesagt. Ich hatte nicht angenommen, daß sie lügen könnte.»

«Sagen wir, sie war eine zielstrebige Person. Und du warst ihr einziges Kind. Sie hatte immer ehrgeizige Pläne mit dir.»

«Du hast es gewußt. Du hast gewußt, wie sie war, und warst trotzdem ihre Freundin.»

«Freunde sind keine Leute, die man aus einem besonderen Grund gern hat. Man mag Leute einfach, weil man mit ihnen befreundet ist.»

«Aber wenn sie gelogen hat, dann muß Eustace geglaubt haben, ich wollte ihn nicht wiedersehen. Die ganzen Jahre hat er gedacht, ich habe ihn einfach versetzt.»

«Aber er hat dir einen Brief geschrieben», sagte Alice.

«Einen Brief?»

«Ach Virginia, sei nicht so begriffsstutzig. Der Brief, der für dich gekommen ist. An dem Tag, bevor ihr nach London zurückgefahren seid.» Virginia guckte immer noch verständnislos. «Ich weiß, daß ein Brief gekommen war. Mit der Nachmittagspost. Er lag auf dem Tisch in der Diele, und ich dachte, wie nett, weil du nicht oft Post bekamst. Und dann ging ich wegen irgendwas aus dem Haus, und als ich wiederkam, war der Brief nicht mehr da. Ich dachte, du hättest ihn genommen.»

Ein Brief. Virginia sah den Brief. Sie stellte sich das weiße Couvert vor, schwarz beschriftet, an sie adressiert. Miss Virginia Parsons. Sie sah ihn unbeachtet und schutzlos auf dem runden Tisch liegen, der heute noch in der Diele von Haus Wheal stand. Sie sah ihre Mutter aus dem Wohnzimmer kommen, vielleicht auf dem Weg nach oben; sie blieb stehen, um die Nachmittagspost zu sichten. Sie trug das himbeerrote Kostüm mit der weißen Seidenbluse, sie streckte die Hand nach dem Brief aus, ihre Fingernägel waren in demselben Himbeerrot lackiert, die Anhänger ihres schweren goldenen Armbands klingelten wie Glöckchen.

Virginia sah sie stirnrunzelnd die schwarzen Buchstaben betrachten, die männliche Handschrift, den Poststempel; sie zögerte vielleicht eine Sekunde, schob dann das Couvert in ihre Jackentasche und fuhr seelenruhig mit ihrem Tun fort, als sei nichts geschehen.

Virginia sagte: «Alice, ich habe den Brief nie bekommen.»

«Aber er war da!»

«Verstehst du nicht? Mutter muß ihn genommen und vernichtet haben. Sie war dazu imstande. Alles um Virginias willen, wird sie sich gesagt haben. Zu Virginias Bestem.»

Die Illusionen waren für immer dahin, der Schleier war zerrissen. Sie konnte kühl und objektiv zurückblicken und ihre Mutter so sehen, wie sie wirklich gewesen war, nicht nur snobistisch und zielstrebig, sondern auch unaufrichtig. Seltsamerweise war dies eine Erleichterung. Es hatte einige Mühe gekostet, in all den Jahren die Legende einer untadeligen Mutter aufrechtzuerhalten, selbst wenn Virginia damit niemanden getäuscht hatte als sich selbst. Jetzt, im Rückblick, wirkte ihre Mutter viel menschlicher.

Alice machte ein bestürztes Gesicht, als bereue sie bereits, den Brief erwähnt zu haben.

«Vielleicht war er nicht von Eustace.»

«Doch.»

«Woher willst du das wissen?»

«Wenn er von jemand anderem gewesen wäre, dann hätte sie ihn mir gegeben, mit einer Ausrede, daß sie ihn versehentlich geöffnet hätte.»

«Aber wir wissen nicht, was in dem Brief stand.»

Virginia rutschte von der Tischkante. «Nein. Aber das

werde ich herausfinden. Auf der Stelle. Bleibst du hier, bis die Kinder aufwachen? Sagst du ihnen, ich bin nicht lange weg?»

«Aber wo willst du hin?»

«Zu Eustace natürlich», sagte Virginia, schon an der Tür.

«Aber du hast deinen Kaffee nicht getrunken. Ich hab dir Kaffee gemacht, und du hast ihn nicht mal angerührt. Was willst du ihm sagen? Und wie willst du es erklären?»

Aber Virginia war schon draußen. Alice sprach ins Leere. Mit einem zornigen Seufzer stellte sie ihre Kaffeetasse hin und ging zur Tür, wie um Virginia zurückzurufen, aber Virginia war schon außer Hörweite. Wie ein Kind rannte sie durchs hohe Sommergras querfeldein nach Penfolda.

Sie nahm den Feldweg, weil es zu lange gedauert hätte, ins Auto zu steigen, zu wenden und über die Hauptstraße zu fahren. Und die Zeit war zu kostbar. Sie hatten schon zehn Jahre verloren, es durfte keine Minute mehr vergeudet werden.

Sie lief durch einen heiteren Morgen, der nach Honig und Margeriten duftete und nach dem hohen Gras, das an ihre bloßen Beine klatschte. Das Meer lag in einem violetten Blau da, mit türkisfarbenen Streifen, und der dunstige Horizont verhieß große Hitze. Virginia rannte, ihre langen Beine nahmen auf den Mauertritten immer zwei Stufen auf einmal. Die Gräben der Stoppelfelder waren von roten Mohnblumen übersät, die Luft war von den gelben Blütenblättern des Stechginsters erfüllt, die der Seewind durcheinander blies wie Konfetti.

Sie kam über das letzte Feld, und dann lag Penfolda vor ihr, das Haus und die langgestreckten Scheunen, der kleine Garten, von Mauern vor dem Wind geschützt. Sie stieg über den letzten Tritt, der in den Gemüsegarten führte, ging den Weg entlang und durchs Gatter. Sie sah die Katze mit ihren halbsiamesischen Jungen auf der Türstufe in der Sonne liegen, die Haustür stand offen, und sie ging hinein und rief nach Eustace. Das Haus wirkte dunkel, als sie aus dem blendenden Licht draußen kam.

«Wer ist da?»

Es war Mrs. Thomas, die, ein Staubtuch in der Hand, übers Treppengeländer spähte.

«Ich bin's, Virginia. Virginia Keile. Ich suche Eustace.»

«Er kommt gerade vom Melken...»

«Danke.» Ohne weitere Erklärungen abzuwarten, ging sie wieder nach draußen und wollte über die Wiese zum Kuhstall und zum Melkraum. Aber in diesem Moment kam er durch das Gatter, das in den hinteren Teil des Gartens führte. Er war in Hemdsärmeln, hatte eine Schürze und Gummistiefel an und trug einen blanken Aluminiumeimer mit Milch. Virginia blieb abrupt stehen. Er verriegelte das Gatter hinter sich, blickte auf und sah sie.

Sie hatte sich vorgenommen, vollkommen sachlich zu sein, ruhig zu sagen: «Ich möchte dich nach dem Brief fragen, den du mir geschrieben hast.» Aber es kam ganz anders. Denn alles war in dem langen Augenblick gesagt, als sie dastanden und sich ansahen, und dann stellte Eustace seinen Eimer hin und ging auf sie zu, und sie lief den Grashang hinunter und in seine Arme, und sie lachte, das Gesicht an seine Hemdbrust gedrückt. Und er sagte: «Ist ja gut, ist ja gut», ganz so, als ob sie weinte und nicht lachte.

«Ich liebe dich», stammelte Virginia. Dann brach sie in Tränen aus.

Er erzählte: «Natürlich hab ich angerufen. Drei- oder viermal. Aber du warst nie da. Immer war deine Mutter dran, und jedesmal kam ich mir dämlicher vor, und jedesmal sagte sie, sie würde dir ausrichten, daß ich angerufen habe und daß du zurückrufen würdest. Und ich glaubte, du hast es dir vielleicht anders überlegt. Ich glaubte, daß du vielleicht Besseres zu tun hättest, als mit jemandem wie mir und meiner Mutter Tee zu trinken. Ich vermutete, daß deine Mutter es dir ausgeredet hatte. Sie hatte von Anfang an nichts für mich übrig. Aber das hast du gewußt, oder?»

«Ja. Aber ich hatte keine Ahnung, was los war. Einmal hätte ich dich beinahe angerufen. Ich dachte, du hättest es vielleicht vergessen. Aber dann verließ mich der Mut. Und dann entschied meine Mutter aus heiterem Himmel, wir müßten nach London zurück, und danach blieb keine Zeit mehr. Im Zug habe ich sie rundheraus gefragt, ob du angerufen hättest, und sie sagte, nie. Und ich habe ihr geglaubt. Das war das Schlimme, ich habe ihr immer geglaubt. Ich hätte es wissen müssen. Es war meine Schuld. Ich hätte es wissen müssen. Ach, Eustace, warum war ich nur so ein Dummkopf?»

Sie waren ins Haus gegangen, um ein sauberes Taschentuch für Virginia zu holen, und waren aus keinem besonderen Grund drinnen geblieben. Sie landeten unweigerlich in der Küche, setzten sich an den gescheuerten Tisch. Es duftete nach frischgebackenem Safranbrot, und das einzige Geräusch war das langsame Ticken des altmodischen Uhrpendels.

«Du konntest dich nicht wehren, du warst noch nicht volljährig.»

«Dann hätte ich eben einen hysterischen Anfall bekommen. Einen Nervenzusammenbruch. Ich hätte gräßliche Szenen gemacht. Ich hätte mich krank gestellt.»

«Du wärst trotzdem abgereist.»

Sie wußte, daß er recht hatte. «Ich wußte ja nicht, daß du gewartet hast. Ich hätte Anthony nie geheiratet. Ich wäre nie nach Schottland gezogen. Ich hätte die vielen Jahre nicht verschwendet.»

Eustace hob die Augenbrauen. «Verschwendet? Sie waren nicht verschwendet. Was ist mit Cara und Nicholas?»

Virginias Augen brannten plötzlich von Tränen. Sie sagte: «Jetzt wird es viel zu kompliziert.»

Er nahm sie in seine Arme, küßte die Tränen fort, schob ihr die Haare aus dem Gesicht. Er sagte: «Alles kommt, wie es kommen muß. Es hat alles seinen Plan und seinen Sinn. Wenn du zurückblickst, kannst du es sehen. Nichts geschieht ohne Grund. Nichts ist unmöglich, das Wiedersehen, wie ich ins Mermaid's Arms gehe und dich da sitzen sehe, als wärst du nie fort gewesen. Wie ein Wunder.»

«Du hast dich nicht benommen, als wäre es ein Wunder. Kaum warst du da, hast du mich angeblafft.»

«Ich hatte Angst, ein zweites Mal verletzt zu werden. Ich hatte Angst, daß ich mich in dir geirrt hätte, daß all die Dinge, die deiner Mutter so wichtig waren, auch dir wichtig geworden wären.»

«Ich hab's dir gesagt. Sie waren mir nie wichtig.»

Er nahm ihre Hand. «Gestern nach dem Picknick dachte ich, es würde alles gut. Nachdem ich mit dir und Cara und Nicholas zusammen war und wir geschwommen und Fisch gegrillt hatten und es euch allen offenbar großen Spaß gemacht hatte, da glaubte ich, als wir die Klippen hinaufgingen, es wäre so, als wären wir wieder da, wo wir angefangen hatten. Und ich hatte das Gefühl, daß ich über damals reden könnte, als du nach London zurückgefahren bist und ich keine Ahnung hatte, was passiert war und wieso wir uns nicht wiedergesehen haben. Ich hoffte, daß wir darüber reden, vielleicht einen neuen Anfang machen könnten.»

«Und ich habe dasselbe geglaubt, du Dummer. Aber dann hast du nur zu mir gesagt, ich soll nach Schottland zurückgehen und mich um die Landwirtschaft kümmern. Ich will die Frau eines Landwirts sein, aber keine Landwirtin. Ich hätte bei einer Aberdeen Angus-Herde ja nicht mal gewußt, was vorne und hinten ist.»

Eustace grinste ein wenig betreten. «Es waren Caras Fotografien. Wir waren uns den ganzen Tag so nahe gewesen, und auf einmal wurde mir klar, daß wir uns überhaupt nicht nahe waren, daß wir verschiedenen Welten angehörten. So war es immer mit uns, Virginia. Ein Gut wie Kirkton und ein kleiner Hof wie Penfolda, die nennt man einfach nicht in einem Atemzug. Und plötzlich schien mir die Vorstellung irrsinnig, ich könnte dich bitten, das alles aufzugeben, nur um mit mir zusammenzusein. Denn das ist alles, was ich dir bieten kann.»

«Und das ist alles, was ich möchte. Das ist alles, was ich mir je gewünscht habe. Kirkton war Anthonys Haus. Ohne ihn hat es kein Leben. Ich will es sowieso verkaufen. Das habe ich heute Nacht beschlossen. Ich muß natürlich noch mal hin, um alles zu regeln und das Ganze einem Makler zu übergeben.»

«Hast du an die Kinder gedacht?»

«Ich denke ununterbrochen an sie. Sie werden es verstehen.»

«Es ist ihr Zuhause.»

«Penfolda wird ihr Zuhause sein.» Sie lächelte bei diesem Gedanken, und Eustace nahm ihre Schultern zwischen seine großen Hände und küßte sie auf den offenen, lächelnden Mund. «Ein neues Zuhause und ein neuer Vater», schloß sie, als sie wieder zu Atem kam.

Aber Eustace hörte ihr offenbar nicht mehr zu. «Wenn man vom Teufel spricht», sagte er.

Und Virginia hörte die Kinder, die mit aufgeregten Stimmen plappernd durch den Garten kamen.

«Guck, da sind die Kätzchen. Guck, sie sind in der Sonne, sie haben ihre Milch nicht getrunken.»

«Laß sie, Nicholas, sie schlafen.»

«Das hier schläft nicht. Es hat die Augen offen. Guck doch, es hat die Augen offen.»

«Wo mag Mami bloß sein? Mami!»

«Hier drin», rief Eustace.

«Mami, Tante Alice fragt, ob du überhaupt noch mal nach Hause kommst.» Cara erschien in der Küchentür, ihre Brille saß schief, ihre Haare waren aus der Spange gerutscht. «Sie hat uns Eier mit Speck gemacht, aber wir haben gewartet und gewartet, sie sagt, Mrs. Jilkes denkt bestimmt, sie hätte einen Autounfall gehabt und ist tot...»

«Ja», sagte Nicholas, der ihr dicht auf den Fersen folgte, mit einem Kätzchen, das sich mit nadelspitzen Krallen an seinem Pullover festhielt. «Und wir sind erst um zehn nach zehn aufgewacht, wie Tante Alice zu uns raufgekommen ist, und wir hätten fast gar kein Frühstück gekriegt, wir hätten fast bis zum Mittagessen gewartet... aber ich hatte solchen Hunger.»

Seine Stimme verlor sich. Er merkte, daß außer ihm niemand sprach. Seine Mutter und Eustace saßen bloß da und sahen ihn an, und Cara starrte auf ihre Mutter, als hätte sie sie noch nie gesehen. Nicholas war verwirrt. «Was habt ihr? Warum sagt keiner was?»

«Wir warten, bis du fertig bist», sagte Virginia.

«Warum?»

Virginia sah Eustace an. Eustace zog Cara an sich. Ganz sachte, sehr ernst, rückte er ihre Brille gerade. Dann sah Nicholas, daß er lächelte.

«Wir haben euch etwas zu sagen», sagte Eustace.

Very British: Landschaften der Liebe

Unterhaltung (nicht nur) für Frauen bei rororo

Rosamunde Pilcher
Die Muschelsucher
Roman. 3-499-13180-3

Wintersonne
Roman. 3-499-23212-X

Kitty Ray
Nells geheimer Garten
Roman. 3-499-23238-3
Als die Literaturdozentin Ellis in das kleine Cottage ihrer verstorbenen Großtante Nell zieht, entdeckt sie deren Tagebuch. Es erzählt die Geschichte einer tragischen Liebe und eines großen Geheimnisses. Ein Geheimnis, das Ellis einen Weg in die Zukunft weist.

Die Gabe einer Liebe
Roman. 3-499-22851-3

Rückkehr nach Manor Hall
Roman 3-499-22852-1
«Eine charmante Liebesgeschichte.» (The Times)

Diana Stainforth
Unter den Hügeln von Wales
Roman
Alex Stapleton lebt mit ihrem Mann Robert glücklich in London. Als Robert, ein bekannter Arzt, in Bosnien durch eine Landmine ums Leben kommt, bricht für Alex eine Welt zusammen.

3-499-23436-X